Klarant Verlag

AF288010

Jan Olsen ist das neue Pseudonym eines seit 1991 in verschiedenen Genres erfolgreichen Schriftstellers. Jan ist mit einer Hebamme verheiratet, hat drei inzwischen erwachsene Kinder und darf sich seit Kurzem auch Großvater nennen. Als Kind des Nordens ist er der Nordsee mit all ihren rauen und lieblichen Facetten besonders zugetan und ließ kaum eine Ferienzeit verstreichen, ohne diese Gestade mit seiner Familie zu besuchen. Auch heute noch stehen Ferien an der Nordsee jedes Jahr auf dem Programm. Seine Vorliebe für die Nordsee und die dort lebenden Menschen kann er in seinen Ostfrieslandkrimis nun nach Herzenslust ausleben.

Jan Olsen

Die Leiche in Greetsiel

Ostfrieslandkrimi

Klarant Verlag

Copyright © 2024 Klarant GmbH, 28355 Bremen
Klarant Verlag, www.klarant.de – www.ostfrieslandkrimi.de
ISBN: 978-3-96586-926-4
1. Auflage 2024
Umschlagabbildung: Klarant Verlag

Kapitel 1

Eisige Februarluft blies der Streifenpolizistin Alice Bergmann ins Gesicht, während sie auf ihrem E-Bike über den Parkplatz am Ortsrand von Greetsiel radelte. Die Lichter der Straßenlaternen schnitten helle Inseln in die abendliche Dunkelheit, und der Schein der Fahrradlampe schob ein helles zitterndes Oval vor Alice her. Sie zählte auf dem Gelände knapp ein Dutzend Fahrzeuge, den Kennzeichen nach zu urteilen alles Touristen, die dem malerischen Fischerdorf einen Besuch abstatteten und jetzt wahrscheinlich in der behaglichen Wärme eines Restaurants saßen und es sich gut gehen ließen. Womöglich schritt das eine oder andere Pärchen aber auch die Reihen der mit Lichterketten geschmückten Krabbenkutter ab, die am Kai des Hafens festgemacht hatten, um dort zu überwintern.

In der Hauptsaison parkten die Autos der Besucher hier dicht an dicht, und nicht selten mussten die Fahrzeughalter aus Platzmangel auf die Straße ausweichen, um dort eine noch freie Parklücke zu ergattern. Heute erschien das weitläufige Areal allerdings fast verwaist. Das Gleiche galt für den angrenzenden Bereich für die Wohnmobile. Die fünfundfünfzig Stellplätze waren in der warmen Jahreszeit fast immer belegt. Im Winter ging es hier allerdings ein wenig beschaulicher zu. Zurzeit waren lediglich zwei der sonst so begehrten Plätze besetzt. Jeder Stellplatz verfügte über einen Strom- und Wasseranschluss, und eine zentrale Entsorgungsstelle für Abwasser jeglicher Art stand ebenfalls zur Verfügung. Die Gebühr für die Benutzung des Platzes musste an einem überdachten Automaten entrichtet werden. Die dort ausgedruckte Quittung sollte, wie ein gewöhnlicher Parkschein, hinter die Windschutzscheibe platziert werden. So konnte überprüft werden, ob der Gast die Gebühr auch tatsächlich bezahlt hatte.

Hin und wieder sah Alice während ihres Streifendienstes hier nach dem Rechten. Eigentlich aber war eine Politesse für die Kontrolle der Parkscheine zuständig – und der war aufgefallen, dass ein Wohnmobil seit drei Tagen mit abgelaufenen Gebührenschein auf dem Platz weilte. Das war eigentlich keine große Sache, die für gewöhnlich mit einem hinter den Scheibenwischer geklemmten Strafzettel geahndet wurde. In diesem Fall erhielt diese Ordnungswidrigkeit allerdings eine höhere Dringlichkeit, denn die Tochter des Besitzers von dem betreffenden Wohnmobil hatte am

5

heutigen Tag die Greetsieler Polizeiwache angerufen, um ihren Vater als vermisst zu melden.

»Mein Vater hat sich seit drei Tagen nicht mehr bei mir gemeldet, und an sein Handy geht er auch nicht ran«, hatte die Frau, die Rahel Arbenz hieß, Alice am Telefon berichtet. »Bei seinem Wohnmobil war er auch nicht anzutreffen gewesen.«

Alice hatte die Vermisstenanzeige in ihren Computer eingegeben und sich anschließend bereit erklärt, sich das Wohnmobil einmal genauer anzusehen.

»Wann werden Sie das machen?«, hatte Rahel daraufhin gefragt. »Ich möchte gerne dabei sein, wissen Sie.«

»Wir könnten uns in einer halben Stunde beim Wohnmobilstellplatz treffen«, hatte Alice der Frau daraufhin vorgeschlagen; und diese halbe Stunde war nun verstrichen.

Suchend sah sich Alice um. Aber es war weit und breit niemand zu sehen. Sie radelte an dem im vorderen Bereich stehenden Wohnmobil vorbei, hinter dessen beleuchteten Fenstern sich die Silhouetten mehrerer Menschen abzeichneten. Wenig später langte sie bei dem zweiten Camper an. Dieser lag im Schatten eines entlaubten Baumes und war gänzlich unbeleuchtet. Dieses Fahrzeug gehörte Volker Arbenz, Rahels Vater.

Alice stieg von dem E-Bike ab und lehnte es gegen den Baum. Mit ihren 1,60 Meter Körpergröße erreichte sie exakt das Mindestmaß, das für den Polizeidienst nötig war. Ihr Hüftspeck und die kleinen Fettpolster, die sich unter der Uniform unübersehbar abzeichneten, ließen sie allerdings ein wenig stattlicher und gewichtiger erscheinen. Routiniert holte sie ihre Taschenlampe hervor, schaltete sie ein und ließ den Strahl über den Camper gleiten.

Das Fahrzeug machte einen gepflegten Eindruck. Die Windschutzscheibe und die Seitenfenster der Fahrerkabine waren akkurat mit Vorhängen verhängt. Ein mit einer Büroklammer befestigtes Parkticket klemmte an dem Stoff. Es war eine Woche gültig gewesen und vor drei Tagen abgelaufen. Dem Strafzettel, der hinter dem Scheibenwischer klemmte, konnte Alice deutlich ansehen, dass er bereits mehrere Tage an der frischen Luft verbracht hatte.

Alice näherte sich der Tür zum Wohnbereich, und als sie sich anschickte, mit den Fingerknöcheln anzuklopfen, erfasste sie plötzlich das Licht eines Scheinwerfers. Sie drehte sich um und

6

beschattete ihre Augen mit der Hand. Ein Motorrad, auf dem zwei in Ledermontur gekleidete Personen saßen, kam lärmend herangefahren. Der Fahrer stoppte neben Alice, und die Frau, die auf dem Sozius saß, stieg ab. Brünettes, welliges Langhaar quoll unter dem Helm hervor, als sie sich ihn vom Kopf zog. Mit einem Lächeln streifte sie sich die Handschuhe ab und streckte der Streifenpolizistin die Hand hin. Im selben Moment erstarb der Lärm des Motorrads.

»Rahel Arbenz«, stellte sich die Frau vor, während Alice einschlug. Mit einem lässigen Kopfnicken deutete sie hinter sich auf den Fahrer, der nun ebenfalls abgestiegen war. »Das ist Achim Daaren, mein Freund«, erläuterte sie.

Alice beleuchtete den Mann mit ihrer Taschenlampe. Davon unbeeindruckt, hängte er seinen Helm an den Motorradlenker und hob kurz grüßend eine Hand. Sein schwarzes Haar schimmerte matt und das Weiß seiner dunklen Augen glänzte hell. »Vielen Dank, dass Sie sich die Zeit nehmen«, sagte er.

Alice ließ die Stablampe sinken. »Das ist mein Job.«

Achim trat neben Rahel und legte ihr einen Arm um die Schultern. »Wenn Sie mich fragen, bemühen wir uns vergebens. Der Alte spukt bestimmt irgendwo in der Gegend herum und macht sich keinen Kopf, was er bei seiner Tochter anrichtet, wenn er sich nicht meldet.«

Alice hakte die Stablampe an ihren Gürtel. »Sie reden von Volker Arbenz, dem Besitzer dieses Wohnmobils?«, erkundigte sie sich. Es missfiel ihr, wie dieser junge Mann in Anwesenheit von Rahel von ihrem Vater sprach.

Achim verzog das Gesicht. »Ja, genau den meine ich, wen sonst?«

»Ich war gerade im Begriff anzuklopfen«, erklärte Alice und deutete hinter sich auf den Camper.

»Volker ist bestimmt nicht zu Hause«, fuhr Achim leichthin fort. »Ansonsten hätte ihn der Lärm meiner Maschine nämlich aus dem Bett getrieben. Er hasst mein Motorrad und hätte sich diese Gelegenheit, es mir erneut an den Kopf zu werfen, sicherlich nicht entgehen lassen.«

Rahel bedachte ihren Freund mit einem ärgerlichen Blick. »Mein Vater sieht es nun mal nicht so gerne, wenn mein Geliebter mich mit einem Motorrad herumkutschiert. Er hat Angst, mir könnte was zustoßen.«

»Ich bin ein vorsichtiger Fahrer«, gab Achim selbstgefällig zurück.

7

Alice lächelte frostig. »Das behauptet jeder Motorradfahrer von sich.«

Achim winkte ab. »Für Volker ist kein Mann gut genug, der es auf seine Tochter abgesehen hat. Das ist das Problem!«

Rahel verdrehte die Augen. »Abgesehen«, echote sie spöttisch.

Achim zog sie an sich und rückte ihr einen Kuss auf die Wange. »Du weißt, was ich meine!«

Alice wandte sich ab, schlug mit der Faust mehrmals gegen die Tür und trat einen Schritt zurück. Weil sich im Innern des Wohnmobils nichts regte, wiederholte sie die Prozedur. Auch diesmal erhielt sie keine Reaktion. Erneut schaltete sie die Taschenlampe ein und richtete den Lichtstrahl gegen eines der Fenster. Eine Gardine hing davor und machte es nahezu unmöglich, ins Innere zu blicken.

Eine steile Falte erschien auf Alice' Stirn als plötzlich eine Fliege in den Lichtschein geriet. Das Insekt war zwischen Gardine und Scheibe gefangen und flog träge auf und ab. Im nächsten Moment erhielt die Fliege Gesellschaft von vier weiteren Artgenossen. Das Licht der Taschenlampe hatte sie angelockt.

»Igitt!«, rief Rahel angewidert. »Wo kommen denn diese ganzen Fliegen plötzlich her?«

Alice beschlich ein ungutes Gefühl. »Wie lange, sagten Sie, haben Sie nichts mehr von Ihrem Vater gehört?«

»Das letzte Mal hat er uns vor fünf Tagen mit seinem Besuch beehrt«, antwortete Achim.

»Zwei Tage später habe ich dann versucht, ihn telefonisch zu erreichen«, ergänzte Rahel. »Allerdings vergebens.«

»Versuchen Sie es erneut«, forderte Alice die Frau auf. Dann begann sie, das Wohnmobil zu umrunden.

Rahel hantierte an ihrem Smartphone herum, während sie hinter Alice her stolperte. Achim folgte den beiden Frauen sichtlich gelangweilt.

»Jetzt meldet sich gleich die Mailbox«, gab Rahel die Nachricht weiter, die ihr auf dem Handy von einer elektronischen Stimme soeben mitgeteilt wurde.

»Wahrscheinlich hat der Alte vergessen, sein Handy aufzuladen«, kommentierte Achim trocken.

Nacheinander leuchtete Alice in die Fenster, an denen sie vorbeikamen. Doch die Gardinen verschleierten die Sicht, sodass sie sich keinen Überblick verschaffen konnte, wie es in dem Camper

8

aussah. Erneut fielen ihr ein paar Fliegen auf, die drinnen über die Scheiben krochen.

Unwillkürlich spulte sie ihr Wissen über diese fetten schwarzen Insekten ab, die auch Schmeißfliegen genannt wurden: Ein Weibchen konnte in ihrem kurzen Leben bis zu hundert Eier ablegen. Diese platzierte sie vornehmlich auf organische Substanzen, die im Begriff waren, sich zu zersetzten und darum Geruchsstoffe absonderten, die die Fliegen wie magisch anlockten. Das konnten sowohl offen stehende Lebensmittel wie Fleisch, Wurst oder Käse sein – aber eben auch Aas oder Leichen. Nach wenigen Tagen schlüpften die Larven dann. Die weißlichen Maden drangen tiefer in den Ablageort ein, und nach ungefähr einer Woche verpuppen sie sich. Anschließend dauerte es noch einmal etwa zehn Tage, bis sich die jungen Fliegen aus ihren Puppen befreiten und umherschwirren konnten.

Das Paar hatte Volker Arbenz vor fünf Tagen zum letzten Mal gesehen, überlegte Alice im Stillen. Sein lebloser Körper konnte also nicht der Grund für die Fliegenpopulation im Camper sein.

Alice schüttelte sich. So widerlich ihr ihre eigenen Gedankengänge auch vorkamen, so musste sie dennoch erkennen, dass sie durchaus nützlich waren. Allerdings fragte sie sich, warum ihr überhaupt in den Sinn gekommen war, Volker Arbenz könne tot in seinem Wohnmobil liegen und den Nährboden für Fliegeneier abgeben? Irgendetwas an dieser ganzen Situation kam ihr seltsam vor. Doch worum ging sie gleich vom schlimmsten Szenario aus, obwohl die Schmeißfliegen kein Indiz dafür sein konnten, dass Rahels Vater ums Leben war?

Die Fliegen ließen es Alice als geboten erscheinen, die Untersuchung des Fahrzeugs mit ein wenig mehr Nachdruck zu betreiben. Kurz entschlossen trat sie vor die Tür und drehte am Knauf. »Verschlossen«, konstatierte sie. Sie versuchte ihr Glück bei der Fahrer- und Beifahrertür. Aber auch die waren verriegelt.

»Brechen Sie die Tür doch einfach auf«, drängte Rahel.

»Dafür bräuchte es einen richterlichen Beschluss«, gab Alice zurück. Erneut schickte sie sich an, den Camper zu umrunden. Dabei rüttelte sie an jedem Fenster. Am Heck des Wagens hatte sie schließlich Erfolg. Das breite Kippfenster war nur angelehnt und ließ sich nach oben klappen.

9

Sofort stoben ein paar Fliegen an Alice' Kopf vorbei ins Freie. Angewidert fuchtelte sie mit der Stablampe herum, bis die Plagegeister in die Nacht entschwunden waren. Sie ließ die Arretierung des Fensters einrasten, stellte sich auf die Zehenspitzen und schob die Gardinen beiseite.

Mit der Lampe leuchtete sie im Innern des Campingfahrzeugs umher. Unmittelbar hinter dem Fenster befand sich ein Doppelbett. Es war stark zerwühlt, aber verlassen. Die Tür, die die Schlafkammer mit dem anschließenden Wohnbereich verband, stand offen. Ein Paar auf dem Boden lang ausgestreckte Beine verhinderten, dass die Tür zufallen konnte. Die Beine steckten in einer grauen Jogginghose, aus der weiß bestrumpfte Füße hervorschauten.

Alice ließ den Lichtstrahl über den auf dem Rücken liegenden Körper gleiten. Der Mann trug ein weißes, geripptes Unterhemd, das sich über der linken Brusthälfte mit Blut vollgesogen hatte. Die Arme lehnten kraftlos an den Wänden des engen Durchgangs.

Scharf sog Alice Luft durch die Zähne ein, als der Lichtkegel den Kopf des Mannes erfasste. Das Gesicht war blutverkrustet und die Augen gebrochen. Fliegen krochen durch das wirre dunkle Haar, und auch in der Höhle des offen stehenden Mundes waren flinke Bewegungen auszumachen.

Ein spitzer Aufschrei hinter ihr erinnerte Alice daran, dass sie nicht allein war.

»Papa!«, schrie Rahel mit überschnappender Stimme. Sie drängte sich an Alice' Seite und schickte sich an, durch das Fenster zu klettern.

Alice packte sie am Kragen der Lederjacke und zog sie zurück.

»Lassen Sie mich!«, kreischte Rahel und versuchte sich loszumachen. »Ich muss zu meinem Vater!«

»Treten Sie zurück!«, befahl Alice streng. »Ihrem Vater ist nicht mehr zu helfen!«

Wirr starrte Rahel sie an. »Sie … Sie meinen …«

Alice nickte. »Wir können nichts mehr für ihn tun«, beteuerte sie. »Nehmen Sie Vernunft an!«

Achim umfasste Rahels Schultern und zog sie an sich. Er wirkte sichtlich bestürzt. »Was ist geschehen?«, fragte er und legte die Arme schützend um seine Freundin. »Ist Volker gestürzt … oder ist er etwa …«, er ließ seine Vermutung unausgesprochen.

10

»Das gilt es noch herauszufinden.« Alice klappte das Fenster zu. »Es ist wichtig, dass alles so belassen wird, wie wir es vorgefunden haben.« Sie bedeutete Achim mit einer Handbewegung, Rahel von dem Wohnmobil wegzubringen. Dann holte sie ihr Handy hervor und wählte die Nummer ihrer Chefin, der Hauptkommissarin Ruth Fasan.

*

Der Veranstaltungssaal im Hotel Krabbenschere hallte von dem Gelächter des Publikums wider. Mehrere Besucher applaudierten spontan, und auch Ruth Fasan konnte sich ein Lächeln nicht verkneifen.

»Die sind wirklich ulkig, nicht wahr!«, rief Felix ihr zu.

Ruth nickte beipflichtend. »Ich amüsiere mich recht gut«, versicherte sie.

Felix bedachte sie mit einem skeptischen Blick. Sein gebräuntes, markantes Gesicht wirkte dennoch amüsiert, denn in seinen blauen Augen blitzte es schalkhaft auf. »Das klingt jetzt aber ziemlich bemüht«, stellte er fest.

Ruth zauberte ein schmales Lächeln auf ihre Lippen. »Ich hatte dich gewarnt«, sagte sie. »Für Witze und lustige Sketche bin ich nicht sonderlich empfänglich.«

»Dennoch hast du eben vernehmlich gelacht«, erwiderte Felix, wobei er seine Stimme ein wenig senkte, denn die Comedians vorne auf der Bühne fuhren nun mit ihrer Show fort.

Ruth tätschelte begütigend das Knie des Kapitäns der Wasserschutzpolizei. »Weil dein Lachen so ansteckend ist«, flüsterte sie ihm zu.

»Die Ostfriesen sind wirklich ein eigentümlicher Menschenschlag«, sagte einer der beiden Männer jetzt, die auf der kleinen Saalbühne agierten. Sie saßen jeder auf einem Barhocker und wurden von buntem Scheinwerferlicht angestrahlt. Gekleidet waren sie in konservativ anmutende, vollkommen identisch aussehende Nadelstreifenanzüge, die ihre schlanke Statur betonten. In den Händen hielt jeder einen Hut, mit denen sie nervös herumspielten, die sie umherschwenkten oder in die Luft warfen, je nach Anlass.

»Du sagst es«, gab der andere vergnügt zurück. »Deine eben zum Besten gegebene Anekdote lässt da keine Zweifel aufkommen.« Der Name dieses Mannes lautete Fred, und er war der jüngere der beiden

11

Brüder, die zusammen das Teichner-Comedian-Duo bildeten. Die Männer sahen sich im Gesicht allerdings nicht sehr ähnlich. Während Freds Züge eher grob geschnitten anmuteten, wirkte Artus' Antlitz feinfühlig und sensibel. Was beide allerdings einte, war der verschmitzte, stets amüsierte Ausdruck, den sie während ihrer Show zur Schau trugen.

»Die Frauen hier sind ganz besonderer speziell«, fuhr Fred nun fort.

»Wie kommst du darauf?«, hakte Artus verwundert nach, da sein Bruder keine Anstalten machte, seine Behauptung näher auszuführen.

Fred knetete verlegen die Hutkrempe. »Ich weiß nicht, ob ich das hier sagen darf«, meinte er und deutete mit seiner Kopfbedeckung dann vage Richtung Publikum. »Ich möchte keinem hier zu nahetreten, weiß du.«

Aufmunternd tätschelte Artus die Schulter seines Bruders. »Die Ostfriesen werden es gelassen nehmen«, versicherte er. »Wer sein Leben in diesem kargen, platten Landstrich namens Krummhörn fristet, kann dir unmöglich etwas krummnehmen.«

Verhaltenes Lachen schallte auf und verebbte nach kurzer Zeit.

»Also gut.« Fred setzte sich aufrecht hin, als hätte er Mut gefasst. »Ich werde den Namen der Krabbenpulerin nicht verraten, in deren Bett ich die vergangene Nacht verbracht habe.«

»Oho«, machte Artus und jonglierte belustigt mit seinem Hut. »Hattest du etwa ein Techtelmechtel?« Er schüttelte nachsichtig den Kopf. »Hatte ich dir nicht geraten, derartiges während unserer Touren zu unterlassen? Jedes Mal hast du nach einer solchen Nacht Mühe, deine Geliebte anschließend wieder loszuwerden. Die Letzte wollte dich unbedingt heiraten, wenn ich mich recht erinnere.«

»Diesmal war es jedoch anders«, beteuerte Fred.

»Och. Hast du die Frau etwa enttäuscht?«

»Wo denkst du hin!« Entrüstet schlug Fred mit dem Hut nach seinem Bruder, der, ohne dabei vom Hocker zu fallen, geschickt auswich und so den Hieben entging. »Diese Kleene war nicht weniger hin und weg, wie die anderen Ladys auch, die ich vor ihr hatte«, schimpfte Fred.

»Aber?«

12

»Aber während ich mir am nächsten Morgen eine Ausrede zurechtlegte, um der süßen Krabbe begreiflich zu machen, dass sich unsere Wege jetzt trennen würden, schwang sie sich, nackt wie sie war, plötzlich aus dem Bett.«

»Warum das? Wollte sie dir vielleicht ein Krabbenbrötchen machen?«

Fred lachte freudlos auf. »Ne. Weißt du, was sie zu mir sagte?«

»Das wirst du uns ja wohl hoffentlich nicht vorenthalten.«

»Ik mak di 'n Koffie to't Mitnemen!« Fred machte einen so übertriebenen Schmollmund, dass im Saal augenblicklich Gelächter losbrach.

Artus verzog das Gesicht. »War das etwa Plattdeutsch? Ich habe davon kein Wort verstanden.«

»Mensch, du Tölpel!«, rief Fred in den Lärm hinein. »Sie sagte: Ich mach dir einen Coffee-to-go!«

Artus' Miene hellte sich auf. »Das war ihre Art, dir mitzuteilen, dass du für sie bloß ein One-Night-Stand gewesen bist«, dämmerte es ihm.

Fred setzte sich den Hut auf, zog ihn tief in seine Stirn. »Das wäre doch eigentlich mein Part gewesen! Aber nein, sie kam mir frech zuvor. Een Nachtflüg, mehr war unsere Liebesnacht für sie nicht!« Erneut zog er den Hut vom Kopf und zuckte mit den Schultern. »Ihr Kaffee hat trotzdem geschmeckt. Ich habe ihn dann draußen am Hafen getrunken.«

Erneut schwoll das Lachen an, und einige der Gäste stampften mit den Füßen, sodass der Boden leicht bebte. Wegen dieser Erschütterung brauchte Ruth einen Moment, bis sie begriff, dass das Handy in ihrer Hosentasche zu vibrieren angefangen hatte. Umständlich kramte sie den Apparat hervor, wobei sie Felix versehentlich mit dem Ellenbogen anstieß.

»Was ist denn nun los?«, rief er entgeistert. »Willst du jetzt etwa jemanden anrufen?«

Ruth lächelte nachsichtig mit einem Mundwinkel. »Sehr witzig.« Ihre Miene wurde ernst, als sie auf das Display ihres Smartphones sah. »Alice versucht mich zu erreichen«, zischte sie. »Sie weiß, dass ich nicht gestört werden will. Es muss sich also um einen Notfall handeln!«

»Warum ruft sie dann nicht Hagen an?«

13

»Der kehrt erst morgen von seiner Urlaubsreise zurück.« Ruth nahm den Anruf entgegen und zischte in den Apparat: »Warten Sie einen Moment, Alice!« Sie stand auf und schob sich mit entschuldigendem Kopfnicken an den in ihrer Stuhlreihe Sitzenden vorbei dem Ausgang entgegen.

Die Unruhe, die Ruth verursachte, entging den beiden Comedians nicht. Aufgeregt deutete Artus auf die Hauptkommissarin und rief: »Da – ist das die süße Krabbe, von der du uns erzählt hast?«, improvisierte er. »Ich glaube, die Sache ist ihr peinlich und nun sucht sie das Weite!«

Gespannte Stille senkte sich über den Saal und nicht wenige der Anwesenden sahen neugierig zu Ruth hinüber. Fred beschattete die Augen mit seinem Hut und spähte in Ruths Richtung, die nun aus der Stuhlreihe hervorkam. »Meinst du diese attraktive reife Frau mit dem schulterlangen lockigen Haar, das so schön dunkel flimmert?« Er wiegte den Kopf. »Ne – die ist eine Nummer zu groß für mich.«

Artus nickte verstehend. »Aus diesem Grund gefällt ihr wohl unsere Nummer auch nicht.«

Ruth hob ihr Handy. »Tut mir leid. Ein Notfall!«, rief sie.

Artus winkte abschätzig mit dem Hut. »Mit diesen Worten hat sich mein letzter One-Night-Stand auch von mir verabschiedet. Danach habe ich sie nie wiedergesehen!«

Eine Lachsalve brandete auf, und Ruth sah zu, dass sie aus dem Saal hinauskam.

*

Eine knappe Viertelstunde später traf Ruth beim Stellplatz für die Wohnmobile ein. Nachdem sie erfahren musste, was Alice in einem der Camper entdeckt hatte, zögerte sie nicht, Felix per SMS mitzuteilen, dass es eine dringende dienstliche Angelegenheit zu erledigen gab. Anschließend war sie zur Polizeiwache in der Ankerstraße geeilt, in den zivilen Einsatzwagen gestiegen und hatte sich auf den Weg zum Parkplatz am Rande des Fischerdorfes gemacht. Jetzt stoppte sie den BMW vor einem schweren Motorrad, das neben dem Wohnmobil parkte. Dort hielten sich sowohl Alice als auch ein junges, in Motorradkluft gekleidetes Paar auf, bei dem es sich um Rahel Arbenz und ihren Freund Achim Daaren handeln

14

musste. Über deren Anwesenheit hatte Alice die Hauptkommissarin zuvor ins Bild gesetzt.

Ruth stieg aus und grüßte die drei mit einem neutralen: »Guten Abend.«

Alice stellte Ruth dem Pärchen vor und bedachte die Hauptkommissarin dann mit einem bedauernden Gesichtsausdruck. »Es tut mir leid, dass ich Sie aus der Show herausholen musste. Felix wird es mir hoffentlich nicht krummnehmen.«

Ruth verzog leicht den Mund. »Ich habe mir sagen lassen, dass genau dies den Bewohnern der Krummhörn nicht möglich ist.«

Alice sah sie verständnislos an.

Ruth verdrehte die Augen. »Krummhörn ... krummnehmen«, sagte sie mit Nachdruck. »Und Felix ist ja bekanntlich ein Bewohner dieser so benannten Region.«

»Ah!« Alice nickte verstehend. »Da spricht das Teichner-Comedian-Duo aus Ihnen, nicht wahr?«

»Deren Humor ist wohl leider irgendwie ansteckend«, erwiderte Ruth trocken.

»Mehr dürfen Sie aber nicht verraten«, forderte Alice. »Ich möchte mir deren Show nämlich auch noch ansehen.«

Ruth wandte sich dem Pärchen zu. »Bitte entschuldigen Sie«, sagte sie, weil ihr bewusst wurde, wie unangebracht ihre flapsige Art angesichts der Tatsache war, dass Rahel gerade auf ziemlich schreckliche Weise vom Tod ihres Vaters erfahren hatte. »Sind Sie sich wirklich sicher, dass der Tote in dem Wohnmobil Volker Arbenz, Ihr Vater, ist?«

Rahel presste die Lippen aufeinander und nickte. »Er ist es – ohne Zweifel!«, schluchzte sie.

Achim ergriff Rahels Hand und drückte sie inniglich. »Wenn wir auch nur geahnt hätten, dass dem Alten ... dass Volker etwas zugestoßen sein könnte, wären wir viel früher in Aktion getreten.«

»Bleiben Sie bitte hier, während ich mir von meiner Kollegin die Leiche zeigen lasse«, wies Ruth das Pärchen an. Sie bedeutete Alice mit einer Geste, sie zum Wohnmobil zu begleiten. Gemeinsam begaben sie sich ans Heckfenster des Fahrzeugs.

»Ich habe den Fensterrahmen vorhin leider berührt«, berichtete Alice.

15

Ruth reichte ihr daraufhin Einmalhandschuhe, die sie aus dem Einsatzwagen mitgebracht hatte. Sie selbst streifte sich ebenfalls ein Paar über und klappte dann das Fenster hoch. Alice leuchtete mit ihrer Taschenlampe, sodass Ruth sich ein Bild von der Lage machen konnte.

»Das Unterhemd weist mehrere Einstichstellen auf«, erkannte Ruth. »Einen Unfall als Todesursache können wir also wohl ausschließen.«

»Und nun?«, fragte Alice mit Unbehagen in der Stimme.

»Jetzt werde ich mir den Fundort der Leiche einmal genauer ansehen, was denn sonst?« Ruth deutete zu dem Pärchen hinüber. »Sorgen Sie dafür, dass die beiden mir dabei nicht in die Quere kommen. Womöglich handelt es sich bei diesem Wohnmobil um einen Tatort. Entsprechend umsichtig müssen wir vorgehen.«

Alice nickte kaum merklich. »Sagen Sie Bescheid, wenn Sie im Camper meine Unterstützung benötigen.«

Ruth lächelte begütigend. Alice war eine fähige Beamtin, die nicht auf den Mund gefallen war. Mit dem Tod wurde sie allerdings nicht so gerne konfrontiert. »Ich komme schon allein zurecht«, versicherte sie.

Alice wirkte sichtlich erleichtert und beeilte sich, zu Rahel und Achim zurückzukehren, die gerade zu streiten angefangen hatten.

Bevor Ruth sich am Türschloss des Campers zu schaffen machte, überprüfte sie, ob es Einbruchsspuren gab. Die Tür schien allerdings unbeschädigt. Ruth schoss mit ihrem Handy ein paar Fotos und rückte dem Schloss dann mit einem Satz Dietriche zu Leibe. Nach wenigen Versuchen gab sich der Schließmechanismus geschlagen und schnappte auf.

Ruth öffnete die Tür und trat ein. Ein gammeliger, fischiger Geruch hin in der Luft. Mit dem Handy leuchtete sie in dem dunklen Raum umher, der Wohnbereich und Kochnische zugleich darstellte. Küchenutensilien lagen auf dem Boden verstreut; ein Regal war zerbrochen.

Mit einer Hand verscheuchte Ruth die Fliegen, die sie umschwirrten. Aber so leicht ließen sich die Insekten nicht abschütteln, sodass Ruth schließlich beschloss, sie einfach zu ignorieren.

16

Kurz untersuchte sie den Leichnam und machte ein paar Aufnahmen von den Wunden, die dem Mann zugefügt worden waren. Dass Volker Arbenz ermordet worden war, stand außer Zweifel. Ihm waren mehrere Stichwunden zugefügt worden. Dass der Mord m Innern des Campers stattgefunden hatte, dafür sprach nach Ruths Dafürhalten das Durcheinander und die beschädigte Einrichtung. Weitere Untersuchungen konnte sie also getrost der Spurensicherung und dem Gerichtsmediziner überlassen. Die betreffenden Kollegen in Emden zu unterrichten und mit dem Staatsanwalt in Kontakt zu treten, war eine Angelegenheit, die Ruth für gewöhnlich ihrem jüngeren Partner Hagen Reese überließ. Da dieser jedoch nicht verfügbar war, würde sie diese Telefonate nun selbst erledigen müssen.

Ruth wandte sich ab, um das Wohnmobil zu verlassen. Dabei fiel ihr Blick auf einen umgekippten Mülleimer. Zahlreiche Fliegen krochen darauf herum, flogen hinein oder kamen daraus hervor. Irgendetwas musste sich in dem Abfallbehälter befinden, das diese Insekten massenweise anlockte.

Ruth ging in die Knie und leuchtete mit dem Handy in die Tonne. Als sie die Fischköpfe sah, in denen es vor Maden nur so wimmelte, hielt sie sich unwillkürlich den Handrücken vor die Nase. Der üble Geruch, den sie vorhin bereits wahrgenommen hatte, kam ihr bei diesem Anblick nun noch unausstehlicher vor. Sie hatte die Brutstätte der Schmeißfliegen gefunden, die zu Dutzenden im Camper umherschwirrten!

Ruth richtete sich auf und stakste über die auf dem Boden liegenden Gegenständen hinweg dem Ausgang entgegen. Draußen atmete sie mehrmals tief durch und schüttelte ihr Haar, um den Gestank und etwaige Fliegen zu vertreiben, die sich darin verfangen haben könnten. Sie warf die Tür hinter sich ins Schloss. Dann wählte sie mit ihrem Handy die Nummer des Staatsanwaltes und wartete, dass Henning Lindau den Anruf entgegennahm.

*

Nachdem Ruth die fällig gewordenen Telefonate abgearbeitet hatte, gesellte sie sich zu Alice und dem jungen Pärchen. Alice war es gelungen, die beiden ein wenig zu beruhigen, sodass der Streit zum Erliegen gekommen war.

17

»Was ist meinem Vater denn nun zugestoßen?«, verlangte Rahel zu wissen, die unentwegt zu Ruth hinübergesehen hatte, während diese telefonierte. Nur mit Mühe und Not konnte Alice sie davon abhalten, zu ihr zu eilen.

»Wir müssen wohl davon ausgehen, dass er gewaltsam zu Tode gekommen ist«, versuchte Ruth Rahel die Sache so schonend wie möglich beizubringen. »In Kürze werden die Kollegen von der Spurensicherung hier eintreffen. Dann sehen wir vielleicht klarer.«

Rahel schlug die Hände vors Gesicht und schluchzte herzzerreißend. Achim, der den Arm um sie gelegt hatte, zog sie noch fester an sich und sprach tröstend auf sie ein.

Ruth wandte sich Alice zu. »Gehen Sie rüber zu diesem anderen Wohnmobil«, trug sie ihr auf. »Finden Sie heraus, wie lange diese Leute hier schon campieren, und ob sie womöglich etwas Verdächtiges bemerkt haben.«

Alice tippte sich mit dem Finger zackig gegen die Stirn, drehte sich weg und marschierte auf den Camper zu, dessen Fenster hell erleuchtet waren und der mit einem Pinneberger Nummernschild versehen war.

»Fühlen Sie sich in der Lage, mir genauer zu schildern, was Ihr Vater in Greetsiel gewollt hat?«, richtete Ruth jetzt eine Frage an Rahel.

»Er … er wollte mich besuchen«, kam es dumpf hinter ihren Händen hervor.

»Volker kam immer mit seinem Wohnmobil hierher, wenn er uns einen Besuch abstattete«, erläuterte Achim. »Wir haben zu Hause nur wenig Platz, wissen Sie.«

»Außerdem wolltest du ihn nicht bei uns wohnen haben!«, patzte Rahel ihn an.

»Das hätte er sowieso nicht gewollt«, erwiderte Achim. »Volker … er legte viel Wert auf seine Unabhängigkeit. Überdies hauste er sowieso schon seit einem Jahr in diesem Wohnmobil. Es war sein Zuhause.«

»War es im Laufe dieser Besuche denn schon einmal vorgekommen, dass Ihr Vater sich mehrere Tage lang bei Ihnen nicht gemeldet hatte?«, wollte Ruth wissen.

Achim verzog mürrisch das Gesicht. »Das wäre ja mal schön gewesen. Aber Volker wollte ja ständig irgendwas von uns. Und das fast jeden Tag. Auch wenn es bloß eine Dose Zucker war, die er sich

18

bei uns ausborgen wollte.« Beim Wort Ausborgen hob er die Hände, um mit Zeige- und Mittelfinger Gänsefüßchen zu bilden.

Rahel warf ihm einen strafenden Blick zu. »Innerhalb der Familie hilft man sich eben auch hin und wieder mal aus!«, ätzte sie.

Achim lächelte spöttisch. »Ich habe langsam den Überblick verloren, wie viel Geld er sich inzwischen von uns geliehen hat. Davon haben wir nie auch nur einen Cent zurückbekommen. Die familiäre Hilfsbereitschaft hat dein lieber Herr Vater ein bisschen zu intensiv in Anspruch genommen, wenn du mich fragst.«

Rahel ließ die Schultern hängen. »Vielleicht hatte er mal einen Tag nichts von sich hören lassen«, ging sie jetzt auf Ruths Frage ein. »Nicht aber mehrere Tage hintereinander. Darum war ich ja auch so in Sorge gewesen.«

»Gab es darüber hinaus für Ihre Sorge einen konkreten Anlass?« Ruth sah kurz zu Alice hinüber, die gerade das Parkticket des Wohnmobils in Augenschein nahm, zu dem Ruth sie geschickt hatte. Der Zettel lag hinter der Windschutzscheibe auf dem Armaturenbrett der unbeleuchteten Fahrerkabine, und Alice musste sich ein wenig recken und strecken, um einen Blick darauf zu werfen.

»Nein, den gab es nicht«, sagte Rahel, während Alice sich Ruth zuwandte und den Daumen hob. Der Camper stand offenbar bereits mehrere Tage an seinem Platz. Es war also gut möglich, dass den Bewohnern etwas Sachdienliches aufgefallen war.

»Wie lange weilte Ihr Vater denn schon in Greetsiel?«, fuhr Ruth mit der Befragung fort.

»Seit etwa zwei Wochen.«

»Vorher ist er über Weihnachten und Sylvester bei uns gewesen«, ergänzte Achim leicht genervt. »Und jetzt ist er erneut aufgetaucht. Und zum wiederholten Mal hatte er uns um Geld angepumpt.«

Rahel machte sich von ihrem Freund los. »Rede nicht so schlecht über meinen Vater!«, zischte sie zornig.

Plötzlich ertönte ein Schrei. Alarmiert sah Ruth zum zweiten Camper hinüber. Die Wohnraumtür stand offen, Licht flutete heraus. Zwei schwarz gekleidete Männer stürzten von dem Fahrzeug weg in die Dunkelheit. Alice lag am Boden. Sie rollte sich benommen herum und versuchte aufzustehen.

»Sie bleiben hier!«, befahl Ruth dem Paar und sprintete los.

*

19

Als Ruth das Wohnmobil erreichte, kam Alice gerade auf die Beine. Wütend ließ sie ihren Blick über den Platz schweifen, bereit, jeden Moment loszurennen, sollte sie einen der Flüchtigen entdecken. Aber die waren längst über alle Berge.

»Die sind weg«, konstatierte Ruth, die noch gesehen hatte, wie die dunkel gekleideten Männer sich zwischen die Büsche gequetscht hatten, die den Parkplatz zum Dorf hin abgrenzten. Prüfend musterte sie die Streifenpolizistin. »Sind Sie verletzt?«

Alice griff nach ihrer auf dem Boden liegenden Mütze, setzte sie auf und rückte sie auf ihrem rötlich schimmernden Haar zurecht. »Nur mein Stolz hat ein bisschen was abbekommen«, sagte sie zerknirscht. »Es ärgert mich maßlos, dass mir diese Kerle entwischt sind. Sie haben mir die Tür vor den Kopf geknallt, nachdem ich angeklopft und gerufen hatte, dass ich von der Polizei wäre.«

Ruth nahm im Innern des Wohnmobils eine Bewegung wahr. »Da ist noch jemand«, zischte sie. Kurz entschlossen erklomm sie die kurze Einstiegsleiter. »Kriminalpolizei. Lassen Sie alles stehen und liegen!«, schrie sie den Mann an, der hektisch damit beschäftigt war, die Utensilien, die auf dem Tisch lagen, fortzuräumen. Gleich auf den ersten Blick hatte sie das Tütchen mit dem weißlichen Pulver als das identifiziert, was es war: Koks! Auf einem Handspiegel war noch eine Line gelegt, und daneben entfaltete sich träge ein zusammengerollter Hunderteuroschein.

Der Mann hob panisch die Hände und trat von dem Tisch zurück. »Ehrlich, dieses Zeug gehört mir nicht!«, beteuerte er. »Diese … diese beiden Fremden haben es mitgebracht!«

»Hinsetzen!«, befahl Ruth.

Als wäre der Mann gestoßen worden, ließ er sich auf die Sitzbank plumpsen. Ruth schätzte ihn auf knapp über dreißig. Dass er zugedröhnt war, dran bestand für sie kein Zweifel. Die geweiteten Pupillen und das nervöse, fahrige Auftreten waren deutliche Anzeichen dafür, dass er unter Drogen stand.

»Ihr Name«, forderte Ruth streng und hielt dem Mann ihren Dienstausweis unter die Nase.

»Kriminalpolizei?«, fragte dieser geschockt. Er schluckte trocken, während er das Dokument unentwegt anstierte.

»Ihr Name!«

20

»Erwin. Erwin Fuchs«, haspelte er mit ängstlich zitternder Stimme. Flehend blickte er zu Ruth auf. »Bitte, Sie müssen mir glauben.« Aufgeregt deutete er auf den Tisch. »Dieses Zeug ... es gehört mir nicht!«

Alice trat hinzu. Seelenruhig machte sie mit ihrem Handy Aufnahmen von dem Arrangement, das vor dem Mann auf dem Tisch ausgebreitet lag. »Halten sich außer Ihnen noch weitere Personen in diesem Camper auf?«, fragte sie.

Erwin schüttelte den Kopf. »Ich ... ich bin allein unterwegs.«

»Wer waren die Männer, die Hals über Kopf geflohen sind?«, verlangte Alice zu wissen.

Ruth beschlich plötzlich ein ungutes Gefühl. Das Pärchen allein beim Wohnmobil zurückzulassen war womöglich keine so gute Idee gewesen.

»Ihre Namen, die ... die kenne ich nicht«, beantwortete Erwin Alice' Frage.

Ruth glitt zur Tür hinüber und spähte zu Volker Arbenz Camper hinüber. »He!«, rief sie mit schneidender Stimme, als sie sah, dass Achim und Rahel gerade im Begriff waren, das Wohnmobil zu betreten. Achim war vorausgegangen und hielt sich bereits im Eingangsbereich auf. Rahel hatte einen Fuß auf die Schwelle gesetzt und verharrte jetzt verunsichert.

»Das werden Sie schön bleiben lassen!«, rief Ruth streng.

Unschlüssig sah Rahel zu ihr herüber. »Mein Vater ... ich muss ihn sehen«, wehte ihre brüchige Stimme herüber.

Ruth zerbiss einen Fluch zwischen den Zähnen, denn Achim zog Rahel jetzt zu sich in den Camper. Ruth wandte sich Alice zu und wies nach draußen. »Holen Sie diese beiden sofort aus dem Wohnmobil!«

»Das gibts doch wohl nicht!«, schimpfte Alice, als sie begriff, was Ruths Worte zu bedeuten hatte. Sie schob sich an der Hauptkommissarin vorbei, sprang ins Freie und rannte los.

Ruth fuhr sich mit der Hand übers Gesicht. »Verdammt, Hagen«, flüsterte sie wie zu sich selbst. »Ich bräuchte Sie jetzt dringend an meiner Seite.«

Erwin sah sie verunsichert an. »Was ist denn überhaupt los?«, fragte er verstört. Seine Hände zitterten heftig, als er sie hob und fahrig damit gestikulierte. »Ich ... ich habe mit all dem nichts zu tun, ehrlich!«

21

»Wie lange sind Sie mit Ihrem Camper schon auf diesem Platz?«, fragte Ruth barsch, da sie noch keine Gelegenheit gehabt hatte, einen Blick auf das Parkticket zu werfen. Sie postierte sich so in der Eingangstür, dass sie nur leicht den Kopf drehen musste, um Volker Arbenz' Camper und Erwin Fuchs im Blick zu haben.

Der Angesprochene starrte angestrengt vor sich hin. »Eine Woche ... genau eine Woche«, antwortete er.

»Kennen Sie den Mann, der in dem anderen Wohnmobil dort drüben wohnt?« Ruth deutete in die betreffende Richtung. Alice hatte das Fahrzeug inzwischen erreicht. Die Streifenpolizistin schimpfte wie ein Rohrspatz, als sie sich ins Innere des Campers schwang.

»Ne, den Mann kenne ich nicht«, haspelte Erwin. Wie unter einem Zwang äugte er nach den Drogen, riss sich dann jedoch gewaltsam von dem Anblick los.

Ruth kannte dieses Verhalten nur zu gut, denn in Hamburg hatte sie oft mit Leuten wie Erwin Fuchs zu tun gehabt. In ihrem zugedröhnten Zustand waren sie oft nicht mehr fähig, ihre Reaktionen zu kontrollieren, sodass sie leicht zu durchschauen waren. »Klar«, sagte sie spöttisch. »Sie werden Ihrem Nachbarn aber sicherlich irgendwann einmal über den Weg gelaufen sein.«

Erwin zuckte nervös mit den Schultern. »Kann schon sein, dass ich ihn mal gegrüßt habe. Das wars dann auch schon.«

Ruth beobachtete jetzt, wie Alice Rahel und Achim aus dem Camper trieb. Sie schimpfte und zeterte, als hätte sie es mit zwei ungezogenen Kindern zu tun.

Zufrieden wandte sich Ruth Erwin zu, schnappte sich das Tütchen mit dem weißen Pulver und hielt es ihm dicht vors Gesicht. »Das Koks ... das haben Sie von Volker Arbenz, nicht wahr?«, gab sie einen Schuss ins Blaue ab.

Erwin wich so abrupt zurück, dass er mit dem Rücken hart gegen die Lehne der Sitzbank prallte. »Nein!«, protestierte er. »Dieser Stoff, er gehört mir doch gar nicht!«

Ruth stützte sich mit ihren noch immer in Einmalhandschuhen steckenden Händen auf dem Tisch ab und sah Erwin unerbittlich an. »Ich warne Sie. Sollten wir im Fahrzeug von Volker Arbenz Drogen finden und sich herausstellen, dass er Handel damit getrieben hat, geraten Sie unmittelbar unter Mordverdacht!«

»Was?« Erwin sprang auf. Doch Ruth packte ihn bei den Schultern und drückte ihn auf die Sitzbank nieder.

22

»Das hier ist eine Mordermittlung«, klärte sie ihn auf. »Volker Arbenz kam in seinem Wohnmobil gewaltsam zu Tode. Und wie es scheint, sind Sie momentan der Einzige, dem wir diese Tat zur Last legen könnten.« Mit dieser Behauptung übertrieb sie maßlos. In Anbetracht der Lage hielt sie dieses Vorgehen allerdings für vertretbar.

Auf Erwins Stirn hatten sich Schweißperlen gebildet. Sein Mund schnappte auf und zu, aber er brachte keinen Ton hervor.

»Eine Anzeige wegen Drogenbesitz ist im Vergleich zu einer Mordanklage eine Kleinigkeit«, fuhr Ruth fort. »Sie sollten sich jetzt also genau überlegen, ob Sie nicht besser mit der Polizei kooperieren wollen oder ...«

»Ich gebe es ja zu!«, rief Erwin gequält. »Das Koks ... ich habe es von diesem Volker gekauft. Aber nur zum Eigenbedarf.«

Entspannt richtete sich Ruth auf. »Das ist doch schon mal ein Anfang.«

»Ich war nicht sein einziger Kunde!«, wurde Erwin jetzt aufbrausend. »Es kamen regelmäßig Leute, um Volker in seinem Camper aufzusuchen. Nachdem sie ihr Geschäft abgewickelt hatten, sind sie dann schnell verschwunden.«

»Hatte es dabei auch einmal Streit gegeben?«, hakte Ruth nach. »Haben *Sie* sich womöglich mit Volker Arbenz in den Haaren gelegen?«

»Ich?« Empört legte Erwin eine Hand auf seine Brust. »Volker und ich ... wir haben uns gut verstanden. Da gab es keine Unstimmigkeiten.«

»Und die anderen Kunden?«

Erwin kratzte sich am Ohr. »Von denen hat keiner Krach geschlagen, soweit ich mich erinnere.« Er ließ die Hand sinken. »Ich war natürlich nicht die ganze Zeit zugegen.« Er wirkte nun ein wenig traurig, als er den Blick über die Utensilien auf dem Tisch schweifen ließ. »Ich bin ja nicht nach Greetsiel gekommen, um tagelang in meinem Wohnmobil abzuhängen. Ich bin oft an der frischen Luft. Die Landschaft hier ist einzigartig, und Greetsiel ein wundervoller Ort.«

»Es braucht keine Drogen, um das festzustellen«, erwiderte Ruth.

Erwin nickte niedergeschlagen. »Nein, wahrscheinlich nicht.« Von unten herauf sah er der Hauptkommissarin ins Gesicht. »Glauben Sie

23

denn noch immer, dass ich … dass ich Volker etwas angetan haben könnte?«

»Das wird sich zeigen.«

Verzweifelt kaute er auf seiner Unterlippe herum. »Droht mir wegen der Drogen jetzt etwa eine Haftstrafe oder eine Geldbuße?«

Ruth nahm das Kokstütchen und tat das auf dem Handspiegel zurechtgeschobene weiße Pulver hinzu. Anschließend wog sie den Beutel in der Hand. »Ob diese Menge als geringfügig gelten und darum eventuell von einer Strafverfolgung abgesehen werden kann, wird Herr Lindau, unser Staatsanwalt, entscheiden.« Sie ließ das Tütchen in eine Beweismitteltasche gleiten und verstaute diese in ihrem Mantel. »Bei seiner Entscheidungsfindung könnte es eine Rolle spielen, wie sehr Sie bereit sind, mit der Polizei zusammenzuarbeiten. Versprechen kann ich Ihnen allerdings nichts. Auf jeden Fall wird meine Kollegin erst einmal Ihre Personalien aufnehmen. Ich rate Ihnen, zeitnah einen Rechtsanwalt hinzuzuschalten.«

Erwin nickte gefasst, wenn auch nicht sehr glücklich. »In Ordnung.«

»Ich würde es von Ihrer Seite als Entgegenkommen werten, wenn Sie vorerst in Greetsiel bleiben. Sobald die Untersuchung des Leichnams abgeschlossen ist, werde ich sicherlich noch Fragen an Sie haben.«

»Ich hatte sowieso nicht vor, abzureisen«, versicherte Erwin. »Zu Hause, da läuft es momentan nicht so gut. Darum bin ich auch hierhergekommen.«

»Tun Sie meiner Kollegin den Gefallen und nennen Sie ihr die Namen der Männer, die vorhin bei Ihnen waren.«

»Sie sind wirklich unerbittlich«, beschwerte sich Erwin.

»Das gehört zu meinem Job.«

Alice, mit Rahel und Achim im Schlepptau, erschien vor der Tür des Campers. »So viel Unvernunft ist mir auch noch nicht untergekommen«, schimpfte sie. »Trotz ausdrücklichen Verbots einen Tatort zu betreten …« Enerviert schüttelte sie den Kopf.

»Was genau haben die beiden in dem Fahrzeug getrieben?«, fragte Ruth.

»Rahel hat den Leichnam ihres Vaters angestarrt, und Achim ...«, Alice wandte dem jungen Mann kurz das Gesicht zu, »der ist herumgetappt und hat womöglich überall seine Fingerabdrücke hinterlassen.«

Ruth nahm diese Informationen mit einem Kopfnicken zur Kenntnis. Anschließend forderte sie Alice auf, sich um Erwin Fuchs zu kümmern.

Nachdem sich die Streifenpolizistin in den Camper geschoben hatte, trat Ruth hinaus zu dem jungen Paar, das mit finsterer Miene vor sich hinstarrte.

Ruth fasste Rahel am Arm und zog sie ein Stück von dem Eingang weg. Achim folgte ihnen.

»Wussten Sie, dass Ihr Vater Drogen verkauft hat?«, fragte sie unvermittelt.

Rahel sah sie entgeistert an. »Das glauben Sie doch wohl selbst nicht!«

»Der Herr in diesem Wohnmobil behauptet es zumindest.«

»Dann lügt er!«

Ruth wandte sich Achim zu. »Und Sie?«

Achim blinzelte perplex. »Was soll mit mir sein?«

»Wussten Sie, dass Volker Arbenz mit Koks gedealt hat?«

»Nein ... natürlich nicht!«

Ruth sah ihn scharf an. »Warum waren Sie so erpicht darauf, in den Camper zu gelangen?«

»Das war ich gar nicht«, entgegnete Achim. »Rahel wollte da rein. Sie wollte unbedingt Ihren Vater sehen. Ich habe ihr bloß dabei geholfen!«

»Ich musste mich von Volker verabschieden!«, schluchzte Rahel. »Es ging nicht anders!«

»Der Blick durch das Heckfenster hat Ihnen nicht ausgereicht?«

»Nein!« Fröstelnd schlang Rahel die Arme um ihren Körper. »Man hat ihn schrecklich zugerichtet«, sagte sie weinerlich. »Wer tut denn so was?«

»Das herauszufinden, haben Sie uns durch Ihre Eigenmächtigkeit nicht gerade leichter gemacht.«

»Ich habe aber doch nichts angefasst!«

»Sie und Ihr Freund haben den Tatort kontaminiert!«

Rahel sah Achim mit finsterer Miene an. »Warum musstest du denn auch überall herumstöbern?«

25

»Was hätte ich denn sonst tun sollen?«, fragte Achim mürrisch.
»Den Alten anstarren, wie du es getan hast?«

»Haben Sie in dem Camper womöglich etwas gesucht?«, fragte Ruth den jungen Mann.

Achims Miene verfinsterte sich. »Was hätte ich Ihrer Meinung nach denn suchen ...« Entgeistert sperrte er den Mund auf. »Glauben Sie etwa, ich habe nach Kokain Ausschau gehalten?«

Ruth verschränkte die Arme. »War es denn so?«

»Nein. Selbst wenn ich davon gewusst hätte, wäre ich bestimmt nicht so dumm gewesen ...« Er ließ den Satz unvollendet.

»Dann haben Sie sicherlich nichts dagegen, wenn ich jetzt eine Leibesvisitation bei Ihnen durchführe.«

»Das ist ja wohl nicht Ihr Ernst!« Trotz seiner Empörung ließ Achim es geschehen, dass Ruth ihn mit dem Gesicht zum Camper drehte, seine Hände mit nach oben ausgestreckten Armen auf dem Wagenblech platzierte und anfing, seinen Körper abzutasten. Dabei durchwühlte sie auch die zahlreichen Taschen seiner Motorrad-montur und sah in seinen Stiefeln nach. Was sie dabei zutage förderte, legte sie neben Achim auf den Asphalt. Dort lagen schließlich ein Schlüsselbund, eine Geldbörse, ein Smartphone nebst einer Packung Kaugummi.

Als Nächstes knöpfte sich Ruth Rahel vor. Die junge Frau schluchzte, während sie die Prozedur über sich ergehen ließ. Aber auch sie hatte nichts bei sich, was in irgendeiner Weise verdächtig erschienen wäre. Ruth hatte trotzdem kein schlechtes Gewissen. Diese Maßnahme war in ihren Augen zwingend erforderlich gewesen. Außerdem hatte das Pärchen diese kleine Lektion durchaus verdient, nachdem es sich so sträflich über ihre Anweisungen hinweggesetzt und das Wohnmobil betreten hatte.

»Sind sie jetzt zufrieden?«, giftete Achim.

»Zufrieden bin ich erst, wenn ich den Mörder von Volker Arbenz dingfest gemacht habe«, entgegnete Ruth frostig.

*

Zwanzig Minuten später trafen die Fahrzeuge der Spurensicherung auf dem nächtlichen Parkplatz ein. Ein dunkler Transporter, gefolgt von zwei Pkw stoppten auf den freien Stellplätzen vor Volker

26

Arbenz' Campingmobil. Die Türen der Fahrzeuge öffneten sich und ein Dutzend Männer und Frauen stiegen aus.

Ruth war ein wenig verblüfft, als sie den stämmigen Mann mit Halbglatze bemerkte, der aus einem der Autos hervorgekommen war. »Herr Lindau!«, rief sie dem Staatsanwalt zu. »Was verschafft mir die Ehre?«

Henning Lindau kam auf sie zu. Eigentlich entsprach es dem normalen Prozedere, dass der zuständige Staatsanwalt erschien, wenn ein Mordopfer gefunden wurde. Weil die Entfernung jedoch nicht gerade gering war, die Lindau zurücklegen musste, und sein Terminkalender ausgebucht war, verzichtete er für gewöhnlich darauf, persönlich zu erscheinen, wenn sich in Greetsiel etwas zutrug, das eigentlich seine Anwesenheit erforderte. Dies tat er auch deswegen ruhigen Gewissens, weil er auf Ruths Erfahrung vertraute, die auf eine langjährige Karriere bei der Hamburger Kripo zurückblicken konnte. Dass Henning Lindau diesmal eine Ausnahme gemacht und sich der Kolonne der KTU angeschlossen hatte, dafür musste es einen besonderen Grund geben, vermutete Ruth. Zumal es bereits später Abend war und der Staatsanwalt längst Feierabend hatte.

Ein mildes Lächeln erschien auf Lindaus sympathischem Gesicht, als er Ruth nun die Hand hinstreckte. »Ich wollte diesen bedauerlichen Vorfall zum Anlass nehmen, Sie mal wieder persönlich zu treffen«, sagte er, während sie sich die Hände schüttelten.

»Sie haben anscheinend geahnt, dass diesmal nicht alles rundlaufen wird«, merkte Ruth säuerlich an.

Lindau hob fragend eine Augenbraue, woraufhin Ruth kurz von Rahels und Achims Fehlverhalten berichtete, das sie nicht hatte verhindern können.

»Die Fingerabdrücke dieses Pärchens hätten unsere Leute in dem Wohnmobil sowieso gefunden«, beschwichtigte Lindau. »Oder haben die Herrn Arbenz in seinem rollenden Heim etwa nie einen Besuch abgestattet?«

»Das haben sie gewiss«, erwiderte Ruth. Sie sah kurz zu dem Pärchen hinüber, das neben dem Motorrad stand und das Treiben auf dem Platz beobachtete. »Es ist nur der Grund für diese Überschreitung, der mir zu denken gibt.«

»Dann hatte dieser Vorfall doch auch ein bisschen was Gutes«, sagte Lindau leichthin und tippte sich mit dem Finger an die Stirn. »Er hat Ihren Denkapparat auf Touren gebracht.«

Ruth lächelte dünn. »So kann man das natürlich auch sehen.«

Ein kompakt gebauter Mann, der abwartend einen Schritt hinter dem Staatsanwalt gestanden hatte, trat nun vor. Max Engel war der Chef der Spurensicherung und ein patenter Mann. Die Hauptkommissarin musste keine langen Erklärungen abgeben, um ihn über die bevorstehende Arbeit ins Bild zu setzen. Unaufgeregt hörte er zu und nickte einmal kurz, nachdem Ruth geendet hatte.

»Das Wohnmobil aus Pinneberg sollte sich auch jemand ansehen«, sagte sie. Dabei bedachte sie den Staatsanwalt mit einem fragenden Blick.

»Nur zu«, sagte dieser. »Was immer Sie an Vollmachten benötigen – Sie werden sie von mir bekommen.«

Diese Ankündigung ließ die Hauptkommissarin aufhorchen. Kritisch musterte sie den Staatsanwalt. »Wollen Sie mir nicht endlich verraten, was so Besonderes an diesem Mordfall ist?«

Lindau sah sie leicht verwundert an, während Max Engel sich abwandte und seinen Leuten Anweisungen zu rief.

»Sie wissen es nicht?«

»Was weiß ich nicht?«

»Volker Arbenz … er war Polizist … in Hamburg. Vor einem Jahr ist er suspendiert worden. Dieser Mordfall ist heikel. Wenn ein Beamter durch Fremdeinwirkung gewaltsam zu Tode kommt, werden alle nervös. In diesem Fall verhält es sich nicht anders.«

Ruth nickte bedächtig. »Suspendiert. Verstehe. Man befürchtet, dass bei den Ermittlungen Unangenehmes ans Tageslicht dringen könnte.«

Lindau lächelte begütigend. »Bei Ihnen ist dieser Fall in guten Händen, das weiß ich. Und sollten bei Ihren Nachforschungen tatsächlich irgendwelche schmutzigen Dinge zutage treten, die die Polizei betreffen, bin ich überzeugt, dass Sie das mit Fingerspitzengefühl händeln werden.«

»Was war der Grund für Volker Arbenz' Suspendierung?«

»Darüber bin ich nicht genau im Bilde. Die Zeit reichte nicht aus, um mich umfassend zu informieren. Doch das Ergebnis der Schnellüberprüfung des Namens hat ausgereicht, um mir deutlich zu machen, dass diesmal wohl ein Besuch in Greetsiel ansteht.«

28

Gefasst atmete Ruth durch. »Womöglich war Volker Arbenz in Drogengeschäfte verwickelt«, sagte sie.

»Halten Sie mich über alles gerne auf dem Laufenden«, erwiderte Lindau. »Es ist wichtig, dass wir diesmal enger als üblich zusammen-arbeiten. Richter William wurde von mir bereits unterrichtet. Ihm ist ebenfalls sehr an der korrekten Durchführung der Ermittlungen gelegen.«

Ruth rieb sich den Nacken und stieß hörbar Luft aus. Daraufhin tätschelte Lindau aufmunternd ihre Schulter. »Sie werden das schon schaukeln. Tun Sie einfach wie gewohnt Ihre Arbeit. Dann wird schon alles gut werden.«

*

Nach dem Gespräch mit Henning Lindau begab sich Ruth zu Volker Arbenz' Wohnmobil. Das Fahrzeug wankte leicht, während die Kollegen von der Spurensicherung darin ihrer Arbeit nachgingen. Helles Scheinwerferlicht drängte durch die verhängten Fenster nach draußen und hin und wieder gewitterte das Blitzlicht des Polizeifotografen auf.

Ruth ging auf Rahel und Achim zu, die, das Motorrad in ihrem Rücken, dicht beieinanderstanden und das Geschehen verfolgten.

»Sie sollten jetzt besser heimfahren«, forderte Ruth das Pärchen auf.

»Aber ich muss unbedingt wissen …«

Ruth brachte Rahel mit einer resoluten Geste zum Schweigen. »Sie hören von uns. Jetzt sollten Sie allerdings gehen.«

Rahels Lippen bebten, sie war den Tränen nahe.

»Sei vernünftig«, sprach Achim auf sie ein. »Das alles ist zu viel für dich.«

Unwirsch schüttelte sie seine auf ihrem Oberarm ruhenden Hand ab, sagte jedoch nichts.

»Hören Sie auf Ihren Freund.« Ruth nahm Rahels Helm und reichte ihn der jungen Frau. Die riss der Hauptkommissarin den Kopfschutz aus der Hand und stülpte ihn sich über. Während sie die Schließe unterm Kinn einrasten ließ, fragte Ruth: »Warum haben Sie mir nicht erzählt, dass Ihr Vater Polizist gewesen ist?«

29

Durch das Visier starrte Rahel Ruth feindselig an. »Weil das keine Bedeutung hat«, kam es dumpf unter dem Helm hervor. »Mein Vater hatte mit seinem Job als Bulle abgeschlossen. Das ist auch kein Wunder. Seine Kollegen waren ein undankbarer Haufen; sie sind ihm in den Rücken gefallen!«

»Was wurde ihm denn vorgeworfen?«

»Keine Ahnung. Und ich will es auch gar nicht wissen!« Sie schwang sich hinter Achim aufs Motorrad und klammerte sich an ihm fest. »Nun düs schon los!«, forderte sie und zerrte an ihm.

Achim zuckte gleichmütig mit den Schultern, startete die Maschine und fuhr mit laut röhrendem Motor an. Er beschleunigte hart und das Motorrad raste mit glühenden Rücklichtern davon.

Ruths Blick streifte den Camper aus Pinneberg. Erwin Fuchs hatte einen Klappstuhl neben den Eingang gestellt und darauf Platz genommen. Vor ihm stand Henning Lindau und unterhielt sich mit ihm, während Alice und ein Kollege drinnen die Einrichtung auf den Kopf stellten.

»Frau Fasan!«, klang es hinter ihrem Rücken auf. Sie drehte sich um. Max Engel stand in der Türöffnung von Volker Arbenz' Wohnmobil und hielt einen durchsichtigen Beweismittelbeutel in die Höhe. »Das hier haben wir im Mülleimer unter den vergammelten Fischköpfen gefunden.«

Ruth trat näher. In dem Beutel befanden sich mehrere Tütchen mit weißem Pulver. »Kokain«, konstatierte sie.

Der Chef der Spurensicherung nickte gewichtig. »Wir werden ein Wirkstoffgutachten erstellen«, erläuterte er. »Bei der Beurteilung kommt es ja nicht auf die tatsächliche Menge des Pulvers an, sondern auf das darin enthaltende Gewicht des Kokainhydrochlorids.« Er schwenkte den Beutel herum. »Aber ich denke, wir können hier dennoch nicht mehr von einer geringen Menge sprechen. Volker Arbenz hat mit diesem Zeug gedealt, das steht außer Zweifel.« Er ließ den Beutel sinken. »Er hatte sich ein gutes Versteck für seine Drogen ausgedacht. Ein Einbrecher hätte wohl zuletzt in diesem Mülleimer voller stinkender, madenverseuchter Fischköpfe nach dem Stoff gesucht.«

Ruth verzog angewidert das Gesicht. »Gute Arbeit«, lobte sie.

»Man tut, was man kann«, gab Engel säuerlich zurück. »Auf jeden Fall ist eine ausgiebige Dusche fällig, bevor ich mich nachher zu

30

meiner Frau ins Bett lege.« Mit diesen Worten kehrte er in den Camper zurück.

Bei Engels letzten Worten hatte Ruth unwillkürlich an Felix denken müssen. Sie warf einen Blick auf ihre Armbanduhr. Die Vorstellung der beiden Comedians war vermutlich längst zu Ende, erkannte sie. Siedend heiß fiel ihr ein, dass ihr Handy noch immer auf lautlos gestellt war und ihr womöglich auch der Vibrationsalarm entgangen war, wenn Felix versucht hatte, sie anzurufen oder ihr eine Nachricht zu schicken.

Sie kramte das Handy hervor – und tatsächlich: Felix hatte ihr eine SMS geschickt!

»Warte beim Parkscheinautomaten auf dich«, las sie die Nachricht flüsternd vom Bildschirm ab. Sie lächelte. Es war typisch für Felix, dass es ihm keine Schwierigkeiten bereitet hatte, herauszufinden, wo sie steckte. Greetsiel war ein kleiner Ort und der Kapitän der Wasserschutzpolizei gut vernetzt, sodass Neuigkeiten ihm nicht lange verborgen blieben. Sie hoffte nur, dass sie ihn beim Parkscheinautomaten noch antreffen würde.

*

Felix lehnte an der Scheibe des in schummeriges Licht getauchten Automatenhäuschens. Er schenkte Ruth ein offenherziges Lächeln, als sie aus der Dunkelheit auf ihn zu trat. Er blieb jedoch, wo er war, und ließ es sich gefallen, dass sie ihn reumütig umarmte und küsste.

»Es tut mir leid«, sagte sie.

Felix zuckte mit den Schultern und legte Ruth lässig einen Arm um die Hüften. »Du kannst ja nichts dafür.«

»Hast du dich denn trotzdem amüsiert?«

Felix tätschelte seinen flachen, durchtrainierten Bauch. »Mein Zwerchfell wurde ziemlich strapaziert. Und die Lachmuskeln in meinem Gesicht dürften mich morgen mit einem Muskelkater beglücken.«

»Das freut mich.«

Felix sah sie prüfend an. »Du hast offenbar nicht so viel zu lachen gehabt.«

Ruth hob eine Schulter. »Es ist kompliziert. Dieser Mordfall wird mich noch ziemlich beschäftigen.« Sie verzog bedauernd den Mund. »Ich werde hier auch noch länger beschäftigt sein.«

31

Felix seufzte, während er von Ruth die Schlüssel für ihr Deichhaus entgegennahm.

»Warte mit dem Einschlafen nicht auf mich«, riet sie ihm.

»Werde ich versuchen.« Er küsste sie. Dann deutete er mit dem Daumen hinter sich. »Da war vorhin so eine junge Frau«, sagte er. »Sie schlich bei den Büschen herum und fluchte die ganze Zeit. Ich glaube, sie hat mich nicht bemerkt. Andernfalls wäre sie bei ihrem zornigen Selbstgespräch wohl ein wenig umsichtiger gewesen.«

»Was hat sie denn gesagt?«

»Sie hat einen gewissen Volker ziemlich übel beschimpft, ihm vorgeworfen, dass er sie in die … geritten hätte.«

Ruth konnte sich denken, was das für ein Wort war, das Felix unausgesprochen gelassen hatte. »Volker heißt der Tote mit Vornamen, den Alice gefunden hat«, sagte sie.

»Das hatte ich mir fast schon gedacht. Diese Frau – irgendetwas schien sie zum Stellplatz der Wohnmobile hinzuziehen. Aber sie verhielt sich, als würde sie eine unsichtbare Barriere abhalten; sie tigerte vor den Büschen auf und ab und zeterte.«

»Wahrscheinlich hat sie das Aufgebot von Ermittlungsbeamten abgeschreckt«, vermutete Ruth.

»Das denke ich auch.«

»Kannst du die Frau beschreiben?«

»Schlaksige Statur, blasses Gesicht, nervöses Auftreten«, zählte Felix auf. »Hoher Haaransatz. Das Haar wirkte dünn und war ziemlich hell. Auffällig war auch die schmale, längliche Nase. Als vorhin ein Motorrad mit zwei Personen darauf über den Parkplatz bretterte, hat sie sich davongemacht.«

Das müssen Achim und Rahel gewesen sein, dachte Ruth. Laut sagte sie: »Gute Beobachtungsgabe, mein Lieber.«

»Ich bin Polizist«, gab Felix sachlich zurück.

Ruth seufzte und schmiegte sich an ihn. »Ich vermisse dich.«

»Ich laufe ja nicht weg.« Felix drückte ihr einen Kuss auf die Stirn und schob sie dann von sich. »Und nun geh. Die Arbeit ruft!«

Ruth sah ihn schweigend an, nickte gefasst, drehte sich um und marschierte davon.

Kapitel 2

Hagen Reese blies die Wangen auf und ließ hörbar Luft entweichen. Der kräftig gebaute, junge Kommissar mit dem dunkelblonden Haar und den graublauen Augen hatte die Beine lang ausgestreckt und saß, die Hände über dem Bauch gefaltet, in seinen Bürosessel gelehnt da. Aufmerksam hörte er seiner Chefin zu, während diese ihm berichtete, was sich am vergangenen Abend auf dem Wohnmobilstellplatz zugetragen hatte. Sein braun gebranntes Gesicht verdüsterte sich dabei zusehends.

»Da ist man mal im Urlaub, und prompt kriegt man einen Mord vor den Latz geknallt, wenn man heimkommt«, sagte er, nachdem Ruth geendet hatte.

Die Hauptkommissarin hatte sich mit ihrem Sessel halb von ihrem Schreibtisch weggedreht, um Hagen besser im Blick zu haben. Sie hatte den Eindruck, Hagen etwas Nettes sagen zu müssen, um den Kontrast zwischen seinen Urlaubserlebnissen und der rauen Realität der Verbrechensbekämpfung ein wenig abzumildern, der ihren Partner anscheinend gerade ein bisschen zusetzte. »Sie sehen wunderbar erholt aus«, stellte sie jetzt fest.

Hagen deutete ein Lächeln an. »Danke. Dünya und ich hatten Glück. In Ankara war die ganze Zeit über schönes Wetter. Wir haben ordentlich Sonnenschein getankt.« Er sah zu den Sprossenfenstern hinüber. Die Sonne verwöhnte Greetsiel an diesem Februarmorgen ebenfalls mit klarem goldenem Licht, das die Schatten der Friesenhäuser scharf umrissen auf das Kopfsteinpflaster warf. »Hier ist es ja auch ganz passabel«, stellte er versöhnlich fest, schüttelte sich dann aber. »Nur um etliche Grad kälter.«

»Haben Sie sich mit Dünyas Großeltern denn gut verstanden?«, erkundigte sich Ruth.

Hagen zuckte mit den Schultern. »Sie sind ganz in Ordnung. Und ich glaube, sie mochten mich ebenfalls.« Ein schwärmerischer Ausdruck machte sich auf seinem Gesicht breit. »Ankara ist eine erstaunliche Stadt. Dünya kennt sich dort recht gut aus, sie war ja mit ihrer Mutter und ihrem Vater oft dort gewesen. Es ist interessant, eine fremde Stadt abseits der touristischen Sehenswürdigkeiten zu erleben. Es war aufregend und aufschlussreich!«

33

Das Telefon auf Ruths Schreibtisch klingelte. Sie warf Hagen einen bedauernden Blick zu und hob den Hörer auf. »Doktor Fixlmillner«, sagte sie erfreut. »Ich stelle den Apparat auf laut, damit Hagen mithören kann«, verkündete sie und drückte eine Taste. Kurz bedeckte sie die Sprechmuschel mit der Hand. »Der Gerichtsmediziner hat erste Untersuchungsergebnisse für uns«, sagte sie an Hagen gerichtet.

»Hallo Hagen«, tönte Fixlmillners markige Stimme aus dem zugeschalteten Lautsprecher. »Ich hörte, Sie waren mit Ihrer Freundin in der Türkei?«

»Ja. Es war wundervoll«, rief Hagen herüber. »Und ...«

»Und jetzt schlägt Ihnen gleich die raue Luft eines Mordfalls entgegen«, unterbrach Fixlmillner ihn. »Willkommen daheim!«

Hagen verzog säuerlich das Gesicht. »Danke.«

»Was haben Sie denn für uns?«, erkundigte sich Ruth.

»Volker Arbenz wurden im Brustbereich drei Messerstiche zugefügt«, verfiel Fixlmillner augenblicklich in den routinierten Tonfall eines Arztes, der knochentrocken eine alltägliche Diagnose von sich gab. »Einer der Stiche verletzte die rechte Herzkammer und führte zum Tod.« Er schwieg kurz, ehe er fortfuhr: »Diese Verletzung tötete Volker Arbenz binnen kürzester Zeit. Dennoch ist noch mindestens einmal auf ihn eingestochen worden. Beim letzten Stich klemmte die Klinge zwischen der zweiten und dritten linksseitigen Rippe ein und brach ab.«

»Ein Teil der Tatwaffe steckte also noch im Leichnam?«, warf Hagen ein.

»Das haben Sie messerscharf kombiniert«, scherzte Fixlmillner. »Es wurde ein Fischmesser verwendet. Die Klinge ist schmal, dünn und sehr scharf und eignet sich hervorragend, um Fisch zu filetieren. Sie kann schnell brechen, wenn man sie zweckentfremdet.«

»Es ist dreimal zugestochen worden, sagten Sie?«, warf Ruth ein.

»Mit ein und derselben Waffe«, bestätigte Fixlmillner. »Ein Stich war tödlich. Der, bei dem die Klinge brach, muss nach dem tödlichen Hieb erfolgt sein, denn der Klingenstummel wäre zu kurz gewesen, um das Herz zu erreichen. Ob die dritte Stichwunde dem Opfer vor oder nach der tödlichen Verletzung beigebracht wurde, vermag ich nicht zu sagen. Was ich aber sicher weiß, ist, dass Volker Arbenz unmittelbar vor seinem Tod in eine handgreifliche Auseinandersetzung verstrickt gewesen war. Er hatte Prellungen im Gesicht, die ihm nicht postmortal zugefügt wurden.«

»Und wie sieht es mit dem Todeszeitpunkt aus?«, fragte Hagen.

»Der Tod ist vor drei Tagen etwa um Mitternacht eingetreten«, antwortete Fixlmillner ohne Umschweife.

Hagen nickte beeindruckt. »Beachtlich, dass Sie trotzdem eine so exakte Zeitangabe machen können.«

»Das ist kein Kunststuck«, erwiderte Fixlmillner.

»Demnach kam Volker Arbenz in der Nacht von Mittwoch auf Donnerstag ums Leben«, fasste Ruth zusammen.

»Das haben Sie messerscharf …«

»Was hat denn die Untersuchung der Drogen ergeben?«, unterbrach Hagen den Gerichtsmediziner.

Es war Ruth, die die Frage beantwortete. »Das Ergebnis liegt noch nicht vor. Das hat meine telefonische Nachfrage bei der KTU vorhin ergeben.«

»An einem abgebrochenen rostigen Schranktürgriff des Campers wurde übrigens menschliches Gewebe sichergestellt«, machte Fixlmillner sich nun erneut bemerkbar. »Die Analyse ist noch nicht abgeschlossen. Ob das Gewebe vom Opfer oder einer anderen Person stammt, wird sich erst noch zeigen müssen.«

»Was hat die Spurensicherung in dem Camper denn sonst noch zutage gefördert?«, wollte Hagen wissen.

»Jede Menge Fingerabdrücke«, kam Ruth dem Gerichtsmediziner erneut zuvor. »Die Zuordnung steht aber auch noch aus.«

Hagen nickte ihr zu, in dem Bewusstsein, dass Ruth einiges an Arbeit geleistet haben musste, ehe er in der Greetsieler Polizeistation eingetroffen war.

»Ich melde mich umgehend, sobald es von meiner Seite neue, messerscharfe Erkenntnisse mitzuteilen gibt«, drang Fixlmillners Stimmer aus dem Lautsprecher.

Ruth bedankte sich bei dem Mann und unterbrach die Verbindung.

Hagen zog die Beine an und setzte sich in seinem Sessel auf. Er wirkte ein wenig ratlos. »Wo sollen wir mit unseren Ermittlungen denn jetzt ansetzen? Es liegen uns zu wenige Fakten vor, auf deren Grundlage wir arbeiten könnten.«

Ruth machte sich an ihrem PC zu schaffen. »Felix war gestern Nacht eine Frau in der Nähe des Wohnmobilstellplatzes aufgefallen«, erläuterte sie und öffnete ein Programm zur Erstellung von

Phantombildern. »Sie hat das Opfer womöglich gekannt, denn sie gab mehrmals seinen Vornamen von sich.« Ruth stellte eine Verbindung zum Drucker her, der auf einer antiken Anrichte stand, dem einzig alten Möbelstück in dem modern ausgestatteten Büro. »Ich habe anhand von Felix' Beschreibungen ein Porträtbild angefertigt. Vielleicht bringt uns das weiter.«

Der Drucker begann zu rappeln und spukte die Zeichnung eines Frauenkopfes mit langer schmaler Nase und blondem dünnen Haaren aus.

Hagen ging zum Drucker, nahm das Blatt und krauste die Stirn. »Ich habe diese Frau schon einmal gesehen«, sagte er und hielt den Papierbogen hoch. »Ich weiß nicht, wie sie heißt, aber ich meine, sie arbeitet als Verkäuferin in einem dieser kleinen Greetsieler Souvenirläden. Jedenfalls gibt es dort eine Frau, die der auf diesem Bild ziemlich ähnlich sieht.«

»Das ist doch schon mal etwas«, zeigte sich Ruth zufrieden.

Hagen betrachtete den Ausdruck nachdenklich. »Ich weiß nicht«, sagte er gedehnt. »Vorausgesetzt, die Souvenirverkäuferin ist mit der Person identisch, die Felix gestern Nacht aufgefallen war – was sollen wir sie fragen, und was erhoffen wir uns eigentlich, von ihr zu erfahren?«

Ruth nickte überlegend. »Wir bräuchten mehr, um diese Frau mit dem nötigen Nachdruck mit unseren Fragen zu konfrontieren«, räumte sie ein. »Momentan könnte sie uns zu leicht abwimmeln; wir hätten den Vorteil einer unerwarteten Konfrontation verspielt.«

Hagen ließ das Phantombild sinken. »Und nun?«, fragte er ein wenig unmotiviert.

Ruth bedachte ihn mit einem aufmunternden Lächeln. »Jetzt machen wir uns erst einmal ein bisschen warm«, verkündete sie und stand auf. »Fangen wir mit dem Naheliegenden an und statten Rahel Arbenz, der Tochter des Opfers, einen Besuch ab. Diese Konsultation ist sowieso überfällig und wird Ihnen eine gute Gelegenheit bieten, in den Polizistenalltag zurückzufinden.«

Hagen nickte gefasst, faltete den Papierbogen zusammen und steckte ihn in seine Gesäßtasche. »Heute ist Sonntag«, stellte er dann nüchtern fest. »Eigentlich sollte ich diesen Morgen gemeinsam mit Dünya verbringen, um unseren Urlaub ausklingen zu lassen. Leider musste sie heute früh zu einer Schwangeren, die über Kreislaufbeschwerden klagte.« Er schnappte sich seine Jacke und

36

warf sie sich lässig über die Schulter. »Es gibt also nichts, was ich versäumen könnte.«

*

Rahel Arbenz wohnte in einem kleinen Einfamilienhaus im Krabbenweg. Achims Motorrad parkte neben der schmucken Eingangstür, die ebenso im Friesenstil gehalten war wie die Sprossenfenster und der Dachgiebel. Das Haus mit dem vorgelagerten pflegeleichten Rasen und dem gepflasterten Zugang wirkte fast schon steril, so gepflegt sah hier alles aus. Die Akkuratesse dieser Örtlichkeit veranlasste Ruth und Hagen, ihre E-Bikes fein säuberlich nebeneinander hinter dem Motorrad abzustellen.

Es dauerte dann aber einen kleinen Moment, ehe im Innern des Hauses jemand auf ihr Klingeln an der Haustür reagierte. Rahel erschien in dem Türspalt, der sich schließlich auftat. Sie trug einen weißen, mit übergroßen Mohnblumen bedruckten Morgenmantel, den sie eng um den Körper geschlungen hatte. Ihre rot verweinten Augen und die aschfahle Gesichtsfarbe ließen vermuten, dass die junge Frau wenig geschlafen hatte.

»Sie sind es«, sagte Rahel mit schleppender Stimme und drehte sich weg. »Kommen Sie rein.« Dass Ruth in Begleitung gekommen war, schien sie gar nicht wahrgenommen zu haben.

Ruth drückte die Tür weiter auf und trat ein. Hagen folgte ihr und schloss das Türblatt leise hinter sich, als gelte es, Rücksicht auf schlafende Kinder zu nehmen.

»Wir sitzen in der Küche«, sagte Rahel und betrat einen schummerig beleuchteten Raum. Die Jalousien waren heruntergelassen und auf dem Tisch brannte eine einzelne Kerze. Davor stand ein kleiner Bilderrahmen mit einem Foto von Volker Arbenz. Weitere Lichtquellen gab es nicht.

Achim, der vor einem dampfenden Becher aromatisch duftendem Schwarztee am Küchentisch saß, erhob sich und schüttelte den Kriminalisten die Hand. Rahel ließ sich derweil wie entkräftet auf einen Stuhl fallen. Als wollte sie ihre klammen Finger wärmen, umschloss sie ihren Teebecher mit beiden Händen und starrte blicklos hinein.

37

Ruth legte Hagen eine Hand auf den Unterarm, als sie ihn vorstellte. Diese vertrauliche Geste wählte sie absichtlich, um der sakralen Stimmung in der Küche gerecht zu werden.

»Bitte setzen Sie sich.« Achim schob planlos Stühle zurecht, wobei die Stuhlbeine unangenehm schrill über den gekachelten Boden scharrten. Verlegen deutete er um sich. »Und entschuldigen Sie diese … Rahel erträgt das fröhliche Sonnenlicht heute nicht.«

»Verständlich.« Ruth setzte sich und Hagen tat es ihr gleich.

Rahel löste den Blick von ihrem Teebecher und sah die Hauptkommissarin eindringlich an. »Wie genau ist mein Vater gestorben?«, verlangte sie zu wissen.

Trotz Rahels angeschlagenen Zustands entschied sich Ruth, ihr die Fakten ungeschönt mitzuteilen. »Sein Herz wurde von einem Messerstich durchbohrt. Er war sofort tot«, setzte sie hinzu, weil die Frage nach eventuellem qualvollem Leid die Angehörigen von Mordopfern meist sehr beschäftigte.

Rahel schluchzte, nickte dabei jedoch gefasst. »Und wer war es?«, fragte sie dann mit hartem Unterton in der Stimme.

»Das wissen wir leider noch nicht«, brachte sich Hagen ein.

Rahel musterte ihn abschätzig, als würde sie ihn erst jetzt bemerken und sich fragen, was er in ihrer Küche verloren hatte.

»Aber wir arbeiten dran«, versicherte Hagen daraufhin ein wenig unbeholfen.

»Was wir unbedingt wissen müssen, ist, ob Ihr Vater Feinde hatte«, sagte Ruth.

»Woher soll ich das denn wissen?« Unwirsch deutete Rahel um sich. »Hier in Greetsiel gibt es sicherlich niemanden, der meinem Vater nach dem Leben getrachtet hätte. So viel ist schon mal sicher!«

»Möchten Sie etwas trinken?«, fragte Achim, der sich noch nicht gesetzt hatte. Angespannt stand er da und fummelte an seiner Hosennaht herum.

»Machen Sie sich keine Umstände.« Ruth deutete auffordernd auf den Stuhl, auf den Achim zuvor gesessen hatte. Zögernd nahm er daraufhin Platz.

Ruth sah die jungen Leute nacheinander an. »Wir haben Grund zu der Annahme, dass Volker Arbenz mit Drogen gehandelt hat«, sagte sie.

Rahel furchte verärgert die Stirn. »Fangen Sie schon wieder damit an? So was würde mein Vater niemals tun!«

»Und dennoch wurden in seinem Camper Drogen sichergestellt. Kokain, um genau zu sein. Verpackt in kleinen Tüten. Für den Direktverkauf.«

Achim schüttelte genervt den Kopf. »Dieser Kerl macht nur Scherereien!«

Rahel funkelte ihn wütend an. »Dann kannst du ja jetzt froh sein, dass er tot ist!«

Achim verdrehte die Augen. »Ich bin über seinen Tod genauso traurig wie du«, versicherte er. »Aber es steht nun mal fest, dass er ein schwieriger Zeitgenosse war.«

»Nur weil er uns angepumpt hat? Mit Geld richtig umzugehen, ist ihm eben schwergefallen.«

Achim stieß einen unfrohen Laut aus. »Was ist das denn für ein Vater, der seine Tochter um Geld anbettelt und mit Drogen dealt?«

»Er hat nicht gebettelt!« Rahels Hände zitterten so sehr, dass Tee über den Becherrand schwappte und sich über ihre Finger ergoss. Sie riss die Hände an ihren Körper und jammerte. »Jetzt habe ich mich wegen dir verbrüht!«, schrie sie ihren Freund an und stand auf. Sie stürzte zur Spüle und ließ kaltes Wasser über die Finger rinnen.

Achim schüttelte unglücklich den Kopf. »Wir haben uns sonst nie gestritten«, sagte er rau. »Bis dein Vater auftauchte. Er hat einen Keil zwischen uns getrieben. Und das tut er noch immer, obwohl er jetzt tot ist!«

Rahel drehte den Wasserhahn zu und wandte sich von der Spüle ab. Sie wirkte jetzt nachdenklich und gefasst. »Zu einer echten Liebesbeziehung gehört, dass man sich mit den Marotten der Verwandten seines Partners arrangiert«, sagte sie hart.

Achim sah sie bestürzt an. »Was willst du damit andeuten. Dass das, was zwischen uns ist, keine echte Liebesbeziehung ist?«

Rahel zuckte müde mit den Schultern. »Ich bin mir da manchmal nicht mehr so sicher.«

Ein Zittern durchlief Achims Körper. »Wie ich diesen Mann hasse!«, knurrte er fast unhörbar.

Ruth hatte dem Geschehen in der Küche freien Lauf gelassen. Jetzt sah sie den Punkt gekommen, dort anzusetzen, wo die Missstimmung ihren Anfang genommen hatte. »Sie wussten also nichts von Volker Arbenz illegalen Geschäften«, fasste sie zusammen. »Und Sie sind überzeugt, dass es in Greetsiel niemanden gibt, der ihm hätte Böses wollen.«

39

Rahel nickte, während Achim gereizt mit den Schultern zuckte.

Ruth warf Hagen einen auffordernden Blick zu. Dieser wusste ihre Geste anscheinend nicht richtig zu deuten, denn er krauste die Stirn.

»Das Phantombild«, sagte sie ungeduldig. »Zeigen Sie es den beiden.«

Hastig zog Hagen das zusammengefaltete Blatt aus der Tasche und legte es auf den Tisch. »War Volker mit dieser Frau bekannt?«, fragte er und strich die Falten glatt.

Rahel trat hinter Achim und beide sahen sich das abgebildete Antlitz aufmerksam an.

»Nee«, sagte Rahel schließlich. »Ich glaube nicht, dass mein Vater mit der was zu schaffen hatte.«

»Hatte er sehr wohl!« Achim tippte mit dem Finger energisch auf das Porträt. »Volker kannte diese Frau. Ich habe sie zusammen gesehen – unten am Greetsieler Hafen. Und einmal stand er sogar an ihrer Seite, als sie Souvenirs verkaufte.«

»Sie ist es also wirklich«, sagte Hagen an Ruth gewandt. »Ich habe mich nicht getäuscht.«

»Kennen Sie den Namen dieser Frau?«, fragte Ruth an Achim gerichtet.

Der kniff überlegend die Augen zusammen.

»Sie heißt Erika Smollner«, antwortete Rahel an seiner Stelle. »Fast jeder in Greetsiel kennt sie. Erika betreibt einen dieser kleinen Souvenirstände in der Mühlenstraße.« Sie verschränkte die Arme. »Ich kann mir beim besten Willen nicht vorstellen, dass mein Vater mit der …«

»Hatte er aber!«, warf Achim erneut dazwischen. »Das können bestimmt auch andere Leute bezeugen, die sie in der Öffentlichkeit zusammen gesehen haben!«

Rahel schien die Vorstellung nicht zu gefallen, dass ihr Vater und Erika Smollner sich nahegekommen sein könnten. Unverwandt sah sie Ruth an. »Hat Erika etwas mit dem Tod meines Vaters zu tun?«

»Das wissen wir nicht«, erwiderte Ruth. »Wir klopfen lediglich das Umfeld Ihres Vaters ab. Eine reine Routineangelegenheit.«

Rahel rieb sich die Oberarme. »Das gefällt mir nicht.«

»Warum?«, wollte Hagen wissen.

»Weil diese Souvenirverkäuferin eine ziemlich windige Person ist.«

»Es passt allerdings zu Volker, dass er sich ausgerechnet mit der eingelassen hatte«, kommentierte Achim.

40

Rahel schnaufte verächtlich. »Eingelassen hatte«, wiederholte sie. »Ich glaube nicht, dass zwischen Erika und meinem Vater was gelaufen ist!«, bekräftigte sie erneut und verpasste Achims Hinterkopf einen sanften Stoß, der allerdings ein wenig zu ruppig ausfiel, um noch als freundschaftliche Geste durchzugehen.

Achim drehte sich auf dem Stuhl zu seiner Freundin um, blickte verärgert zu ihr auf. »Vielleicht kannte ich deinen Vater besser als du.«

Rahel wirkte jetzt regelrecht erschrocken. »Das möchtest du dir wohl gerne einbilden, was!«

Genervt drehte sich Achim von ihr weg. »Volker kannte Erika Smollner, so viel ist sicher«, sagte er trotzig.

»Und was genau stimmt mit dieser Frau nicht?«, erkundigte sich Hagen.

Achim hob eine Schulter. »Es gibt Gerede über sie. Nichts, was ich hier jetzt wiedergeben möchte. Wahrscheinlich sind es bloß Gerüchte.«

»Erika ist alleinstehend und wechselt oft ihre Partner«, sagte Rahel und verzog dabei spöttisch den Mund. »Das heizt die Fantasie mancher Männer natürlich an.«

»Womöglich waren es gerade diese Gerüchte, die Volker an Erika reizvoll fand«, ätzte Achim.

»Du bist so was von schlecht auf meinen Vater zu sprechen!«, empörte sich Rahel. »Dich kann man doch schon gar nicht mehr ernst nehmen.«

Achim faltete die Hände auf dem Tisch. »Volker hat sich selbst als Opfer übler Nachrede gesehen«, erklärte er. »Seine Suspendierung war seiner Meinung nach vollkommen ungerechtfertigt und nur zustande gekommen, weil Kollegen ihn verleumdet hätten.«

»Sie haben Lügen über ihn verbreitet!«, bestätigte Rahel. »Das so was bei der Polizei überhaupt …«

»Ich habe bei der betreffenden Wache in Hamburg nachgefragt«, unterbrach Ruth sie. »Volker Arbenz ist unehrenhaft aus dem Polizeidienst entlassen worden, weil er sich von Kriminellen nachweislich hatte bestechen lassen.«

»Das ist alles gelogen!«, rief Rahel.

»Es lagen stichhaltige Beweise für sein Fehlverhalten vor«, gab Ruth schonungslos zurück. »Eine Suspendierung wird nicht leichtfertig ausgesprochen, das können Sie mir glauben.«

41

»Siehst du«, trumpfte Achim auf. »Dein Vater war ein durchtriebener Bursche, der nur Ärger gemacht hat!« Er nickte wie zur Selbstbestätigung. »Aber natürlich war er uneinsichtig und sah sich als Opfer. Und genau darum fühlte er sich wohl auch zu Erika hingezogen, die ja auch unter den Gerüchten zu leiden hat, die über sie verbreitet werden.«

»Bist du jetzt auch noch Psychologe, oder was?« Wütend drehte sich Rahel weg und verließ die Küche, wobei sie bei jedem Schritt trotzig aufstampfte. Sie schluchzte, während sie eine Treppe hinaufrannte. Wenig später war das Knallen einer Zimmertür zu hören.

Achim setzte eine bedauernde Miene auf. »Sie ist ziemlich durch den Wind«, sagte er unglücklich. »Ich hoffe, sie fängt sich bald wieder.«

Ruth erhob sich von ihrem Stuhl. »Danke, dass Sie sich trotz der Umstände Zeit für uns genommen haben.«

»Keine Ursache.« Achim stand auf. Hagen tat es ihm gleich, schnappte sich das Phantombild, faltete es und steckte es zurück in seine Gesäßtasche. Fahrig deutete Achim auf den Flur hinaus. »Ich bringe Sie zur Tür.«

*

Hagen hielt sein Gesicht in den Sonnenschein und atmete tief durch. Aus Richtung Hafen schallte das ferne Tuten eines Kutters herüber. Ein paar Tauben flogen auf und warfen huschende Schatten auf die Kriminalisten. Hagen fuchtelte daraufhin mit den Armen, als wollte er die Vögel verscheuchen.

Ruth öffnete schmunzelnd ihr Fahrradschloss. »Wollen Sie Ihre Bräune ein bisschen auffrischen, nachdem Sie dem schummerigen Kerzenlicht in dieser Küche ausgesetzt waren?«, scherzte sie.

Hagen beschattete die Augen mit der Hand und deutete mit dem anderen Arm auf das Haus von Rahel und Achim. »Sie sind mit dem Pärchen ziemlich schonungslos umgegangen«, merkte er an.

Ruth zuckte unbeeindruckt mit den Schultern. »Und Sie sind noch nicht wieder richtig in der Spur«, erwiderte sie. »Ich meine mich zu erinnern, dass Sie bei einer Befragung schon mal spitzfindiger vorgegangen sind.«

»Ja, da haben Sie recht«, räumte er ein. »Meine Gedanken weilen wohl noch in Istanbul und bei meiner geliebten Dü...« Mitten im Wort brach er ab. »Sehen Sie mal hier!«, rief er aufgeregt und zeigte auf die Satteltaschen von Achims Motorrad. »Ist das nicht Blut?«

Mit wenigen Schritten war Ruth an der Seite ihres Partners. Und nun sah sie auch, was ihn so sehr in Aufregung versetzt hatte. Zwischen den Riemen der linken Satteltasche hing der Zipfel eines weißen Tuchs hervor. Es war mit einem dunklen Fleck besudelt, bei dem es sich durchaus um getrocknetes Blut handeln konnte.

Hagen fasste den Zipfel mit spitzen Fingern und zog daran. Mehr von dem weißen Stoff und dem vermeintlichen Blutfleck kamen zum Vorschein. Als Hagen das Tuch vollends herauszog, klapperte es in der Satteltasche vernehmlich. »Das ist ziemlich viel Blut«, konstatierte er und breitete das befleckte Leinen auf dem Sitz des Motorrads aus. Ehe Ruth einen Einwand erheben konnte, öffnete er die Schließen der Satteltasche und klappte den Deckel hoch. »Ich glaube es nicht!«, rief er, als er einen Blick ins Innere des Behälters warf. »Da liegt ein Fischmesser – ein Fischmesser mit abgebrochener Klinge!«

»Sie machen wohl Witze«, sagte Ruth.

Hagen griff in die Innentasche seiner Jacke und zog ein Papiertaschentuch hervor. Damit langte er in die Satteltasche, und als er die Hand hervorzog, hielt er einen in das Taschentuch gehüllten Gegenstand zwischen den Fingern. Er streckte Ruth die Hand entgegen und schlug mit der anderen das Taschentuch auseinander. Darin lag ein schmaler Messergriff, aus dem das fingerbreite Stück einer abgebrochenen Klinge ragte.

»Das ist ein Fischmesser«, erläuterte Hagen. »Man erkennt es am Griff, der gerade groß genug ist, um damit ausreichend Kontrolle über die Klinge auszuüben.«

Ruth war vollkommen baff. »Ist das womöglich die Tatwaffe?«, fragte sie überrumpelt.

»Das Messer muss in das blutbefleckte Tuch eingewickelt gewesen sein«, war Hagen überzeugte. »Als ich an dem Zipfel zog, fiel es heraus.«

Ruth rieb sich den Nacken. »Ich kann mir nicht vorstellen, dass Achim diese Tatwaffe mehrere Tage lang mit seinem Motorrad spazieren gefahren hat.« Kurzentschlossen marschierte sie auf die

43

Haustür zu und presste den Klingelknopf entschlossen mit dem Daumen nieder. »Fragen wir ihn doch einfach«, sagte sie.

*

Als Achim die Tür öffnete, war seine Stirn gefurcht. »Haben Sie etwas vergessen?«, erkundigte er sich.

Ruth fasste ihn am Oberarm und zog ihn mit sich auf das Motorrad zu. »Erklären Sie mir das bitte!«, forderte sie streng und deutete mit einem Kopfnicken zuerst auf das besudelte Tuch und dann auf Hagens ausgestreckte Hand mit dem Fischmesser darin.

Achim betrachtete beides ohne sichtbare Rührung. »Was soll damit sein?«

»Dieses Messer haben wir in der Satteltasche Ihres Motorrads sichergestellt«, erklärte Hagen. »Die Waffe war in dieses Tuch dort eingewickelt.«

Achim verzog das Gesicht. »Waffe. Was für eine Waffe?«, fragte er verstört. »Das ist ein Fischmesser.« Er machte sich von Ruth los und wich einen Schritt zurück. »Warum liegt dieser schmutzige Lappen auf dem Sitz meines Bikes?«

»Wir haben es in der linken Satteltasche gefunden«, rief Ruth ihm in Erinnerung. »Zusammen mit dem abgebrochenen Messer.«

»Das ... das kann nicht sein. Dieses Messer ... es gehört mir nicht. Und dieser eklige Lappen erst recht nicht!«

Ruth sah ihn prüfend an. »Und wie kommt beides dann in Ihre Motorradtasche?«

»Woher soll ich das wissen!«

»Haben Sie das Tuch und dieses Messer womöglich im Camper von Rahels Vater gefunden und an sich gebracht?«, fragte Hagen.

Achim schüttelte vehement den Kopf. »Wie kommen Sie darauf?«

»Was haben Sie denn dann in dem Wohnmobil gesucht?«, setzte Ruth nach.

»Gar nichts!« Achim gestikulierte heftig. »Ich wollte Rahel beistehen. Darum bin ich mit ihr in den Camper rein. Das sagte ich Ihnen gestern Nacht bereits. Außerdem haben Sie mich von oben bis unten durchsucht. Ich habe nichts aus dem Wohnmobil mitgehen lassen!«

»Wir werden dieses Messer und das Tuch kriminaltechnisch untersuchen lassen«, erläuterte Ruth.

44

Achim riss die Augen weit auf, als dämmerte ihm plötzlich, worauf das Ganze hinauslief. »Glauben Sie etwa, dass Volker mit diesem Messer erstochen wurde?«

»Das wird festzustellen sein.« Hagen zauberte eine Beweismitteltüte aus seiner Jacke und legte die verdächtigen Gegenstände sorgsam hinein.

Achim wirkte stark beunruhigt, während er den Kommissar bei seinem Tun beobachtete. »Ich weiß ehrlich nicht, wie dieses Messer in meine Satteltasche gelangt ist. Das müssen Sie mir glauben!«

Ruth legte den Kopf schief und musterte den jungen Mann interessiert. »Wo waren Sie eigentlich in der Nacht von Mittwoch auf Donnerstag – so etwa um Mitternacht?«

Achim blinzelte nervös. »Da muss ich nicht lange überlegen.«, sagte er und deutete zum Haus hinüber. »Da lag ich im Bett an der Seite meiner Freundin!«

»Wird Rahel uns dies bestätigen?«, fragte Hagen plump.

»Na klar. Fragen Sie sie!«

»Das werden wir!«

»Allerdings zu einem späteren Zeitpunkt«, fügte Ruth konziliant hinzu. »Fürs Erste haben wir in diesem Haus genug Unruhe gestiftet.«

Hagen vergrub die Hände in den Hosentaschen und setzte eine mürrische Miene auf. Er war mit der Vorgehensweise seiner Chefin offenkundig nicht einverstanden.

»Sicher haben Sie nichts dagegen, wenn wir uns auch noch den Inhalt der anderen Tasche ansehen«, überspielt Ruth die kleine Unstimmigkeit mit einem sprunghaften Themenwechsel.

»Was? Nein! Warum? Ich möchte das nicht!«, begehrte Achim auf.

Ruth setzte eine bedauernde Miene auf. »Ich würde meine Sorgfaltspflicht verletzen, wenn ich es nicht täte.«

Als die Hauptkommissarin das Motorrad umrundete, hob Achim eine Hand, als wollte er sie fassen und zurückhalten. Er ließ den Arm dann aber kraftlos sinken, denn Hagen trat demonstrativ vor ihn hin.

Ruth löste die Schließen und klappte den Taschendeckel hoch. Sie warf einen Blick ins Innere und hob dann leicht eine Augenbraue. Kommentarlos zog sie ein Paar Einmalhandschuhe unter ihrem Mantel hervor, streifte sie über und langte in die Tasche. »Was haben wir denn hier?«, fragte sie und hielt ein weiteres, in ein Tuch eingeschlagenes Bündel hoch.

45

»Ich ... keine Ahnung!«, haspelte Achim nervös.

Ruth legte das Päckchen auf den Motorradsitz und faltete das Tuch vorsichtig auseinander. Es handelte sich um eine mit Stickereien verzierte Tischdecke, wie sich herausstellte. Darin waren mehrere Teile eines kostbar aussehenden Essbestecks eingewickelt. Die Griffe des auf Hochglanz polierten Silberbestecks waren mit einem aufwendigen Wappen verziert.

»Diese Bestecke sind bestimmt recht wertvoll«, sagte Ruth.

»Kann schon sein.« Achim steckte die Hände in die Hosentaschen und zog die Schultern an. »Aber ich weiß nicht wie ...«

»... sie in Ihre Satteltaschen geraten sind«, vervollständigte Ruth.

Achim nickte abgehackt. »Das ist die Wahrheit!« Mit einem Kopfnicken deutete er auf sein Motorrad. »Meine Maschine parke ich immer im Freien, weil das Haus keine Garage hat. Bei Schietwetter breite ich eine Plane darüber. Es ... es kann sich also jederzeit jemand daran zu schaffen machen.«

»Und Dinge in Ihre Satteltaschen tun«, ergänzte Ruth seine Worte aufs Neue.

»Ja. Ich sollte mir wohl besser abschließbare Satteltaschen zulegen.«

Ruth wickelte das Besteck in das Tischtuch und klemmte sich das Bündel unter den Arm. »Dann ist es wohl besser, die Polizei verwahrt dieses Silberbesteck, bis geklärt wurde, wem es gehört.«

»Das ... ja. Machen Sie es so.« Achim warf einen verstohlenen Blick zum Haus hinüber. Rahel stand oben am Fenster im ersten Stock. Die Aufschläge des Morgenmantels mit den Händen vor ihrem Brustbein krampfhaft umklammert, starrte sie auf die Szene hinab. »Ich – muss jetzt wieder rein«, sagte Achim. »Rahel ... sie braucht mich.«

»Nur zu«, erwiderte Ruth höflich. »Aber halten Sie sich uns zur Verfügung, wenn es Ihnen nicht zu viele Umstände macht.«

Achim musterte sie mit finsterer Miene. »Ich habe nicht vor, in absehbarer Zeit zu verreisen, wenn Sie das meinen.«

Das Bündel in die Achselhöhle geklemmt, ließ Ruth die Schließen der Satteltasche zuschnappen. »Sie hören von uns.«

Verunsichert sah Achim die Ermittler an. Dann wandte er sich ab und eilte der noch immer offen stehenden Haustür entgegen. Kurz darauf war er im Flur verschwunden und knallte die Tür hinter sich zu.

»Wir lassen ihn einfach gehen?«, fragte Hagen leicht befremdet.

Ruth machte sich an der anderen Satteltasche zu schaffen, um sie zu schließen. »Wir haben nichts Konkretes gegen Herrn Daaren in der Hand«, erläuterte sie. »Dass diese Gegenstände von einer fremden Person in die Motorradtaschen getan wurden, können wir nicht ausschließen. Und ob es sich bei dem sichergestellten Fischmesser tatsächlich um die Tatwaffe handelt, wissen wir auch erst, nachdem es kriminaltechnisch untersucht wurde.«

Hagen nickte verstehend. »Dann sollten wir dieses Messer so schnell wie möglich nach Emden in die KTU bringen.«

»Das wird Alice für uns erledigen.« Ruth schritt auf ihr E-Bike zu. »Wir werden uns in der Mühlenstraße derweil ein paar Souvenirs ansehen.«

Hagen öffnete sein Fahrradschloss. »Wir fühlen Erika Smollner jetzt also auf den Zahn?«, fragte er unternehmungslustig.

»Ja, und ich hoffe, dass Sie jetzt langsam in Fahrt gekommen sind und die Befragung vorantreiben werden.«

Hagen schwang sich auf den Sattel. »Ich habe das Fischmesser entdeckt«, rief er Ruth in Erinnerung. »Was dazu führte, dass auch das antike Silberbesteck zum Vorschein kam.«

»Ob uns das wirklich weiterhilft, wird sich erst noch zeigen müssen«, blieb Ruth unnachgiebig und trat in die Pedale.

Kapitel 3

Die Souvenirstände der Mühlenstraße drängten sich auf einem der Brücke vorgelagerten Platz. Um diese kalte Jahreszeit herrschte hier bei Weitem nicht so großer Publikumsverkehr wie in den wärmeren Saisonmonaten. Es hatten daher auch nicht alle Buden geöffnet, sodass den wenigen in Wintermäntel oder Outdoorkleidung gehüllten Touristen die Wahl, welches Mitbringsel sie kaufen wollten, ein wenig leichter gemacht wurde.

Jedenfalls war das anfangs Ruths Vermutung gewesen. Als sie nun jedoch beobachtete, wie intensiv einige Pärchen die Auslagen der Stände begutachteten und darüber diskutierten, welche der Ansichtskarten ihnen am geeignetsten erschienen oder welche Größe das in Kunstharz gegossene Model des Pilsumer Leuchtturms ihrer Meinung nach haben sollte, revidierte sie ihre Einschätzung.

»Die Verkäufer hier haben keinen leichten Job«, sagte sie an Hagen gerichtet, der neben ihr über den Platz schlenderte. »Die Kundschaft scheint recht kritisch zu sein, und es erfordert Geduld, sie zum Kauf zu bewegen.«

»Och«, sagte Hagen leichthin. »Sie nehmen es meist mit Gelassenheit, wie alle Ostfriesen. Das macht doch den Zauber eines Aufenthalts in Greetsiel erst aus.«

Ruth nickte zustimmend. »Die Ruhe und Abgeklärtheit der hier lebenden Leute ist wirklich bemerkenswert.«

»Und es wirkt, sehen Sie ...« Hagen deutete auf zwei in lange Lodenmäntel gekleidete Männer, die sich vor einem der Stände aufhielten und sich von dem Händler gerade die von ihnen gekauften Souvenirs in eine große Papiertüte packen ließen. »Die haben ordentlich zugeschlagen«, sagte Hagen. »Und dies wahrscheinlich nicht zuletzt deswegen, weil sie dem friesischen Charme des Verkäufers nicht haben widerstehen können.«

In diesem Moment erkannte Ruth die Männer. »Das sind die beiden Comedians Artus und Fred Teichner.«

»Tatsächlich?« Hagen lächelte erfreut. »Dünya hat zwei Karten für die morgige Vorstellung im Hotel Krabbenschere gekauft. Das wird bestimmt spaßig!«

»Da steht Ihnen ein recht unterhaltsamer Abend bevor«, versicherte Ruth. »Ich hatte nämlich selbst schon das Vergnügen, die Gebrüder live zu erleben.«

48

»Bitte nix verraten«, sagte Hagen. »Nichts ist so schal wie ein Witz, den man bereits kennt.«

»Hängt davon ab, wie er vorgetragen wird«, gab Ruth zurück. »Und diese Kunst beherrschen die Brüder meisterlich.«

Hagen bedachte seine Chefin mit einem scheelen Seitenblick. »Was man von Ihnen nicht gerade behaupten kann.«

Ruth stemmte entrüstet die Hände in die Seiten. »Darum also wollen Sie nicht, dass ich Ihnen von der Vorstellung erzähle. Weil Sie befürchten, ich könnte die komödiantischen Einlagen der Brüder nicht adäquat wiedergeben.«

»Nicht adäquat wiedergeben?« Hagen schüttelte nachsichtig den Kopf. »Diese Formulierung ist ziemlich untertrieben, wenn Sie mich fragen. Ich kenne keine andere Person, die die Pointe eines Witzes mit so schöner Regelmäßigkeit verhaut, wie Sie es tun.«

»So oft lasse ich doch gar keinen Witz vom Stapel.«

Hagen lächelte breit. »Wofür wir Ihnen alle sehr dankbar sind.«

Ruth prustete aufgebracht und winkte dann ab. »Ich lasse diese Anfeindungen mit ostfriesischer Gelassenheit an mir abprallen«, verkündete sie und hielt nach den Stand-up-Comedians Ausschau. Aber die hatten die Örtlichkeit bereits verlassen.

»Dort ist der Stand von Erika Smollner.« Hagen deutete auf eine kleine Bude, deren Seitenpfosten dicht mit Ansichtskarten gepflastert waren. »Und wir haben Glück. Sie ist sogar anwesend.«

Im Innern des Häuschens entdeckte Ruth eine Frau mit dünnem blondem Haar. Sie saß auf einem Hocker, hatte die Beine übereinandergeschlagen und die Hände in den Taschen ihres Mantels vergraben. Erwartungsvoll sah sie auf, wohl in der Hoffnung, zwei potenzielle Kunden vor sich zu haben.

Ruth zerstörte diese Hoffnung, indem sie der Frau ihren Dienstausweis über die Auslage hinweg entgegenstreckte.

Augenblicklich verfinsterte sich das Gesicht der Verkäuferin. »Was wollen Sie?«, fragte sie nicht eben höflich, und bevor Ruth ihr ihren Ermittlungspartner vorstellen konnte.

»Sie sind Erika Smollner?«, fragte Hagen.

»In Fleisch und Blut und mit Leib und Seele«, gab die Frau forsch zurück.

»Wir möchten mit Ihnen über Volker Arbenz sprechen.« Wie beiläufig griff er nach einer Plastikkrabbe, deren bewegliche Beine und Scheren an Sprungfedern hingen und lustig hin und her

49

zappelten. Auf der Unterseite klebte ein Magnet, damit man die Krabbe an die Kühlschranktür oder eine andere metallene Fläche heften konnte.

»Legen Sie das wieder hin«, forderte Erika den Kommissar auf. »Sie wollen doch sowieso nichts kaufen.«

Hagen tat überrascht. »Will ich sehr wohl«, erwiderte er und schüttelte die Krabbe, sodass ihre Extremitäten wild zuckten und klappernd aneinanderschlugen. »Was kostet dieses Schmuckstück? Ich möchte es meiner Freundin schenken.«

»Hundert Euro, weil Sie es sind.« Erika verzog ihr Gesicht zu einer garstigen Fratze.

»Verstehe.« Hagen legte das Souvenir mit spitzen Fingern zurück an seinen Platz. »So kommen wir nicht ins Geschäft.«

Erika wandte Ruth ihre Aufmerksamkeit zu, bemühte sich dabei aber nicht im Mindesten, freundlicher aufzutreten. »Ich kenne diesen Mann nicht, dessen Name Ihr Kollege eben genannt hat.«

»Volker Arbenz?«, hakte Ruth nach.

»Eben den«, gab Erika knapp zurück.

»Sie wurden mehrmals zusammen mit Herrn Arbenz gesehen«, informierte Hagen die Frau.

»Sagt wer?«

»Ein Augenzeuge.«

Abrupt stand Erika auf, wobei sie den Hocker mit den Kniekehlen beinahe umstürzte. »Augenzeuge. Was soll das. Ermitteln Sie etwa gegen mich?«

»Eigentlich wollten wir uns nur mit Ihnen unterhalten«, merkte Ruth neutral an.

»Also schön!« Trotzig verschränkte Erika die Arme vor der Brust. »Volker hat mich ein paarmal aufgesucht – na und?«

»Sie wissen, dass er nicht mehr am Leben ist?« Ruth ließ die Frau nicht aus den Augen.

Erika rieb sich fröstelnd die Oberarme. »Ne, das wusste ich nicht.«

»Was haben Sie gestern Abend denn von Herrn Arbenz gewollt?«, fragte Ruth. »Und ehe Sie abstreiten, dass Sie zu dieser Zeit auf dem Wohnmobilstellplatz gewesen sind: Es gibt einen Augenzeugen, der genau das bestätigen kann.«

Die Souvenirverkäuferin fuhr sich mit den Fingern durchs Haar. »Ich hatte mich gefragt, wo er so lange abbleibt. Er hatte sich

50

mehrere Tage nicht bei mir blicken lassen und da wollte ich eben nachsehen, ob er nicht vielleicht mit seinem Camper abgereist war.«

»Als Sie sahen, dass sein Wohnmobil noch an Ort und Stelle war und sich eine Menge Polizisten darum versammelt hatten, hat Sie das offenbar ziemlich ungehalten gemacht.«

»Das sagt Ihr Augenzeuge?«

Ruth nickte.

Erika verdrehte theatralisch die Augen. »Wenn Sie bereits alles über mich wissen, warum fragen Sie mich dann überhaupt noch?«

»Wenn es Ihnen angenehmer ist, können wir diese Befragung auch in der Greetsieler Polizeiwache fortsetzen«, gab Hagen ausgesprochen höflich von sich.

Erika hob erschrocken die Hände. »Ne – bloß das nich! Ich finde es hier ganz gemütlich.«

»Warum waren Sie denn nun so aufgebracht?«, wiederholte Ruth ihre Frage.

»Weil ... weil Volker einem nur Ärger beschert.«

Ruth hatte den Eindruck, dass die Frau frei improvisierte. »Das müssen Sie mir genauer erklären.«

Erika blies warmen Atem in ihre Hände. »So wie ich es gesagt habe«, sagte sie und bewegte die Finger. »Volker war so ein Typ, der immer Ärger im Schlepptau hatte. Und nun ist er tot.« Sie verzog den Mund. »Bestimmt ist er keines natürlichen Todes gestorben, habe ich recht?«

»Nein, das ist er nicht«, bestätigte Ruth.

»Sehen Sie, das meinte ich, als ich sagte, dass er Ärger anzieht!«

»Wie gut kannten Sie ihn eigentlich?«, hakte Hagen nach.

»Nicht sehr gut. Wir haben uns nur ein paar Mal gesehen.«

»Und seit wann sind Sie mit ihm bekannt?«

Erika schien abzuwägen, wie ehrlich sie sein sollte, denn sie schwieg einen Moment und blickte unstet vor sich hin. »Ich lernte ihn kennen, als er vor einem Jahr mit seinem Camper das erste Mal in Greetsiel auftauchte, um seine Tochter zu besuchen«, sagte sie schließlich.

»Und wie haben Sie ihn kennengelernt?«

Erika seufzte genervt. »Warum wollen Sie das alles überhaupt wissen?«

»Wir ermitteln in einem Mordfall«, gab Hagen sachlich zurück.

»Denken Sie etwa, ich hätte Volker umgebracht?«

51

»Beantworten Sie bitte die Frage meines Partners«, forderte Ruth streng.

Erika fasste sich. »Wir sind uns hier das erste Mal begegnet«, sagte sie und deutete um sich. »Er kaufte bei mir eine Dose Ostfriesentee und wir kamen ins Gespräch. Er fand mich angeblich sympathisch. Aber das beruhte nicht auf Gegenseitigkeit. Das hat ihn allerdings nicht davon abgehalten, immer mal wieder meine Nähe zu suchen, wenn ihm der Sinn danach stand.«

»Sind Sie mit Volker Arbenz intim geworden?«

Erika verzog das Gesicht. »Mit dem? Ne, der war ganz und gar nicht mein Typ.«

»Dennoch haben Sie sich Sorgen gemacht, weil er sich ein paar Tage nicht bei Ihnen hat blicken lassen«, rief Ruth der Frau in Erinnerung. »So egal kann er Ihnen also nicht gewesen sein. Oder gab es für Ihre Besorgnis womöglich einen anderen Grund?«

Diese Frage schien Erika ein wenig aus dem Konzept zu bringen. »Man muss ja nicht unbedingt mit jemanden im Bett gewesen sein, um Anteil an seinem Leben zu nehmen«, sagte sie schnippisch. »Das geht auch so. Das ist ein ganz gewöhnliches zwischenmenschliches Ding.«

»Wo waren Sie in der Nacht von Mittwoch auf Donnerstag?«, fragte Hagen jetzt unvermittelt.

Erika sah ihn verdattert an. »Zu Hause, denke ich.« Sie nickte bestimmend. »Ja – ich war zu Haus im Bett. Und zwar allein.«

»Es gibt also niemanden, der das bezeugen kann«, stellte Hagen fest.

»Ne, aber bestimmt können Sie einen Augenzeugen auftreiben, der es kann«, giftete Erika. »Diese Kunst beherrschen Sie ja anscheinend vortrefflich.«

»Ist Ihnen bei Ihrem letzten Treffen mit Herrn Arbenz an ihm irgendetwas Ungewöhnliches aufgefallen?«, fragte Ruth. »Wirkte er anders als sonst, nervös oder ängstlich?«

Erika zuckte gleichmütig mit den Schultern. »Ich kannte ihn nicht gut genug, um irgendwelche eventuellen Veränderungen in seinem Auftreten zu bemerken, fürchte ich.«

»Hatte Herr Arbenz Feinde. Oder hat er Ihnen gegenüber einmal erwähnt, dass er sich bedroht fühlte?«

Erika schüttelte den Kopf. »Ich war nicht seine Beichtmutter. Über so was hätte er niemals mit mir gesprochen.«

Eine junge Frau trat an den Stand. Sie trug einen bunten mit weißem Fellimitat gesäumten Mantel und eine ebenso bunte Strickmütze, unter der rötliches Haar hervorlugte. Sie schenkte den Souvenirs keinerlei Beachtung und sprach Erika unvermittelt an. »Ich habe gehört, bei dir kann man Seetang bekommen. Ich hätte gern ein Tütchen.«

»Hä?«, machte Erika und sah die Frau verwundert an. »Ich habe keinen Schimmer, was Sie von mir wollen.«

Ruth bemerkte, dass Erika mit den Augen rollte und dann demonstrativ zu Hagen und ihr hinüberschielte.

»Es gibt hier also keinen Seetang?«, fragte die Frau verunsichert.

»Wenn Sie Seetang wollen, müssen Sie runter ans Meer gehen und dort welches einsammeln!«, erwiderte Erika patzig. »Und jetzt verschwinden Sie!«

Die junge Frau wirkte regelrecht gekränkt. »Kein Grund, gleich so unhöflich zu werden«, monierte sie, drehte sich weg und stapfte davon.

Erika lachte gekünstelt. »Seetang als Andenken an den Aufenthalt in Greetsiel… das ist schon ziemlich schräg. Noch schräger ist es, zu glauben, dass es so was an einem Souvenirstand zu kaufen gibt.« Sie schob ein paar lackierte Muscheln auf ihrem Tisch hin und her. »Sind Sie mit Ihren Fragen jetzt fertig?«

»Vorläufig ja«, sagte Ruth. »Danke für Ihre Kooperationsbereitschaft, Frau Smollner.«

Sie winkte ab. »Jaja, schon gut. Und jetzt lassen Sie mich meine Arbeit machen.« Mit diesen Worten setzte sie sich auf ihren Hocker, vergrub die Hände in den Manteltaschen und starrte gleichmütig vor sich hin.

Hagen machte ein unzufriedenes Gesicht. Wahrscheinlich hätte er Erika Smollner gerne noch ein bisschen länger »auf den Zahn gefühlt«. Aber Ruth gab ihm mit einer Geste zu verstehen, sich zurückzuziehen.

»Mit der stimmt was nicht«, zischte Hagen, während er neben Ruth einherschritt. »Und was sollte diese Sache mit dem Seetang?«

»Das werden wir schon noch herausfinden«, beschwichtigte Ruth. »Zu gegebener Zeit.«

*

53

Als die Kriminalisten mit ihren E-Bikes auf den Parkplatz der Polizeiwache einschwenkten, wartete vor dem mit einem Ziergiebel überdachten Eingang des Friesenhauses ein Mann. Er paffte eine Zigarette und winkte beflissen, während die Kommissare ihre Fahrräder abstellten.

»Herr Fuchs!«, rief Ruth hinüber. »Was verschafft uns die Ehre Ihres Besuchs?« An Hagen gerichtet, erklärte sie: »Das ist der Mann aus Pinneberg, der in seinem Camper seit Längerem auf dem Wohnmobilstellplatz zu Gast ist.«

Hagen nickte. »Der, aus dessen Fahrzeug die beiden Unbekannten geflüchtet sind und unsere liebe Alice dabei über den Haufen rannten«, ergänzte er. »Und der sich die Nase gerne mal mit einer Prise Koks pudert.«

Sie traten auf den Eingang zu.

»Ich habe Staatsanwalt Lindau versprochen, mit der Polizei zusammenzuarbeiten«, sagte Erwin Fuchs und deutete mit dem Daumen über seine Schulter zur Tür, ein restauriertes Originalstück, grün lackiert und oben mit einem Sprossenfenster versehen. »Es war abgeschlossen. Die Wache ist anscheinend unbesetzt.«

»Frau Bergmann ist nach Emden gefahren«, erklärte Ruth und schloss die Tür auf. »Was können wir denn für Sie tun?«

»Sie können Herrn Lindau berichten, dass ich Ihnen geholfen habe, die Männer aufzuspüren, die Hals über Kopf aus meinem Camper geflohen sind.« Er warf die Zigarette auf den Boden, trat sie aus und beeilte sich dann, den Stummel aufzuheben und in die Tasche zu stecken. »Womöglich lässt Herr Lindau meinen Fall dann wegen geringfügiger Menge an Wirkstoff ruhen.«

Ruth hielt dem Mann die Tür auf. »Noch haben wir von Ihnen keine Hinweise erhalten.«

»Darum bin ich ja jetzt hier.«

Hagen folgte Erwin in den Empfangsbereich der Wache. »Setzen Sie sich«, forderte er ihn auf und deutete auf die Reihe der Besucherstühle, die sich gegenüber dem Tresen an der Wand erstreckte.

Erwin nickte zerstreut und nahm Platz. Nervös nestelte er an seinen Knien herum. »Länger hätte ich nicht mehr auf Sie gewartet«, sagte er vorwurfsvoll. »Ich gehe ein Risiko ein, wenn ich mich hier blicken lasse. Wenn diese beiden Kerle spitzkriegen, dass ich mit der Polizei kooperiere, werden sie mir das bestimmt übel nehmen und mir womöglich etwas antun.«

»Halten Sie diese Männer für so gefährlich?«, fragte Ruth und lüpfte eine Augenbraue.

Erwin zuckte mit den Achseln. »Ich möchte jedenfalls nichts mehr mit denen zu tun haben.«

»Sie glauben, dass sich dieses Duo noch in Greetsiel aufhält?«, fragte Hagen.

Erwin nickte beklommen.

»Nun reden Sie schon«, forderte Hagen unwirsch.

»Also ... meine Besucher ... sie heißen Jürgen und Bernd«, haspelte Erwin. »Ihre Nachnamen kenne ich nicht, und ob die Vornamen korrekt sind, weiß ich natürlich auch nicht. Angeblich kommen sie aus Hamburg.«

Ruth lehnte sich an den Empfangstresen, hinter dem Alice' Arbeitsbereich lag. »Sie sind uns wirklich eine große Hilfe«, spottete sie.

»Die Nachnamen meiner ... meiner Freunde... sie haben mich nicht interessiert«, rechtfertigte sich Erwin aufgebracht. »Und später war das auch nie Thema gewesen. Aber Jürgen und Bernd ... sie gehörten auch zu denen, die Volker Arbenz in seinem Camper hin und wieder einen Besuch abstatteten ...«

»Um Drogen bei ihm zu kaufen«, ergänzte Hagen.

»Ja, vermutlich. Einmal – ich saß gerade vor meinem Wohnmobil und habe was gegessen – da kamen sie zu mir rüber, nachdem sie bei Volker gewesen waren. Das war etwa vor fünf Tagen. Sie plauderten ein wenig mit mir.« Erwin rieb sich unbehaglich die Handflächen. »Sie waren mir nicht ganz geheuer. Zum Beispiel legten sie nie ihre Handschuhe ab. Da ich gegen ein wenig Gesellschaft jedoch nichts einzuwenden hatte, freundete ich mich mit ihnen mehr oder weniger an. Gestern Nacht tauchten Sie dann erneut bei mir auf, und ... und wir machten uns einen lustigen Abend. Bis dann Ihre uniformierte Kollegin plötzlich an meine Tür klopfte. Jürgen und Bernd reagierten völlig panisch und nahmen Reißaus.« Er lächelte verunglückt. »Den Rest der Geschichte kennen Sie ja.«

Hagen verschränkte die Arme vor der Brust. »Sie müssen schon mehr zu bieten haben, wenn Sie auf das Wohlwollen des Staatsanwaltes bauen möchten.«

Erwin fuhr sich mit der Hand übers Gesicht. »Die beiden … Jürgen und Bernd … sie sind noch immer in Greetsiel, wie Sie vorhin bereits richtig kombiniert haben.« Sein Gesicht drückte Besorgnis aus. »Weil sie so panisch aus meinem Camper raus sind, hatte ich eigentlich erwartet, dass sie sich gänzlich aus dem Staub gemacht hätten. Da habe ich mich allerdings getäuscht. Sie sind noch immer hier!«

»Und Sie wissen, wo sie sich aufhalten?«, fragte Ruth.

Erwin wiegte den Kopf. »Ich bin mir nicht sicher. Vorhin habe ich im Supermarkt ein paar Einkäufe erledigt – und da sah ich sie plötzlich. Sie gingen draußen am Laden vorbei zu den parkenden Autos. Bemerkt haben sie mich nicht. Irgendwie schienen sie auch ziemlich beschäftigt. Ich schnappte mir meine Einkaufstüte und eilte aus dem Laden. Ich sah, wie sie sich auf ihre Motorräder schwangen und sich Helme aufsetzten.«

»Haben Sie sich die Nummernschilder der Maschinen eingeprägt?«, unterbrach Hagen ihn.

Erwin schüttelte den Kopf. »In so was bin ich nicht gut … Zahlen merken, meine ich.« Hölzern tippte er sich gegen die Stirn. »Ich habe die Zahlen- und Buchstaben sofort wieder vergessen. Es waren Hamburger Kennzeichen, so viel weiß ich noch. Und sie fuhren beide eine Kawasaki.«

»Das ist immerhin schon mal etwas«, merkte Ruth versöhnlich an.

»Da kommt noch mehr!«, eiferte sich Erwin und rutschte unruhig auf seinem Stuhl hin und her. »Ich hab mich auf mein Klapprad geschwungen und bin denen nach.« Er hob begütigend die Hände. »Ich weiß, wie das klingt. Mit einem Fahrrad Motorräder verfolgen, ein Ding der Unmöglichkeit. Nicht aber in Greetsiel. Ich kenne mich hier inzwischen recht gut aus und weiß, welche Straßen für den Normalverkehr gesperrt sind. Mit dem Rad kann man diese Wege natürlich benutzen und so die Strecken abkürzen. Auf diese Weise erreichte ich die Landstraße mit meinem Drahtesel fast genauso schnell wie die beiden auf ihren Motorrädern, weil sie einen Umweg fahren mussten. Ich sah, wie sie den Asphalt entlangbretterten. Dann bremsten sie plötzlich und scherten in einen Feldweg ein. Kurz darauf verstellte mir ein kleines Haus die Sicht auf Jürgen und Bernd. Sie kamen hinter dem Gebäude nicht wieder zum Vorschein. Ich denke, sie sind angehalten, weil sie exakt zu diesem Haus wollten.«

»Sie glauben, dass dieses Gebäude das Ziel der Männer gewesen ist?«, vergewisserte sich Ruth.

»Ich bin mir sogar ziemlich sicher«, bekräftigte Erwin. »Ich habe noch eine Viertelstunde an der Kreuzung gewartet und das Gebäude aus der Ferne beobachtet. Jürgen und Bernd erschienen aber nicht mehr auf der Bildfläche. Schnell brachte ich meine Einkäufe zu meinem Camper und machte mich dann auf den Weg hierher, um Ihnen zu berichten.« Hoffnungsvoll sah er die Kriminalisten an. »Meinen Sie, diese Informationen reichen dem Staatsanwalt aus, um bei mir Gnade walten zu lassen?«

Hagen langte über den Tresen und schnappte sich eine zusammengefaltete Landkarte. »Zeigen Sie uns, in welchen Weg die Motorräder abgebogen sind.«

Erwin nahm die Karte entgegen, faltete sie umständlich auseinander und breitete sie auf seinen Oberschenkeln aus. Kurz orientierte er sich. Dann tippte er mit dem Zeigefinger energisch auf eine Stelle. »Hier ... hier ist es gewesen.« Er blickte auf. »Das Haus ist allerdings nicht eingezeichnet. Aber ich schwöre, da stand eines!«

»Wir werden uns darum kümmern.« Ruth nahm Erwin den Ortsplan ab. »Sie können jetzt gehen, Herr Fuchs.«

Er stand auf. »Und der Staatsanwalt?«

»Wird von uns unterrichtet werden, nachdem wir uns dieses Haus angesehen haben.«

Erwin verzog zerknirscht das Gesicht. Er hätte sich eine sichere Zusage gewünscht, nicht länger im Fadenkreuz der Polizei zu stehen. Doch diesen Gefallen wollte und konnte Ruth ihm nicht tun. Leicht verärgert verließ er die Wache und entfernte sich.

»Was halten Sie davon?«, fragte Hagen.

»Diese beiden Männer – sie könnten womöglich gefährlich sein«, sagte Ruth nachdenklich. »Dass sie sich hier noch immer herumtreiben, gefällt mir nicht. Entweder fühlen sie sich sicher, weil sie der hiesigen Polizei nichts zutrauen oder etwas anderes hält sie davon ab, nach dem Vorfall auf dem Wohnmobilstellplatz schnellstmöglich zu verschwinden.«

»Vermutlich ist es nicht der Liebreiz unseres Fischerdorfes, der sie ausharren lässt«, merkte Hagen trocken an.

»Das würde mich wundern.« Ruth klappte das bewegliche Teil des Tresens hoch und marschierte auf die Tür zum Büro des Kommissariats zu. »Wir statten uns jetzt erst einmal passend aus, und dann machen wir uns auf den Weg«, verkündete sie.

Kapitel 4

Obwohl Hagen den zivilen Einsatzwagen lässig mit nur einer Hand am Steuer lenkte, konnte Ruth seinem angestrengten Gesichtsausdruck ansehen, wie konzentriert er war. Auf der Kreisstraße, der sie Richtung Westen folgten, herrschte mäßiger Verkehr. Es wehte ein böiger Wind, der den BMW kaum merklich schwanken ließ und die wenigen Wolken am Himmel wie eine Herde Schafe vor sich hertrieb. Die Büsche und Bäume am Straßenrand verschleierten mit ihren winkenden kahlen Ästen die Sicht auf die Wiesen und die brachliegenden Äcker ringsum.

Ruth deutete nach links. »Da vorne muss es sein.«

Das kleine Haus, das sich etwa zweihundert Meter von der Kreisstraße entfernt aus dichtem Gestrüpp erhob, konnte leicht übersehen werden. Dass Erwin Fuchs es von der Kreuzung aus überhaupt bemerkt hatte, war wohl nur dem Umstand geschuldet, dass die beiden Motorradfahrer, die er beobachtet hatte, genau darauf zugefahren waren.

Hagen verlangsamte das Tempo und setzte den Blinker. Kurz darauf scherte der BMW in den abzweigenden Feldweg ein. Dieser war mit Schotter und Bruchsteinen übersät, die vernehmlich unter den Reifen des Einsatzwagens knirschten und ploppten.

»Sie werden uns kommen sehen«, sagte er rau.

»Wenn sie denn überhaupt vor Ort sind«, fühlte sich Ruth veranlasst, einen ihren Partner beruhigenden Einwand vorzubringen. Sie spähte angestrengt, konnte allerdings weit und breit keine Motorräder entdecken. Aber das hatte nichts zu bedeuten. Die Maschinen waren womöglich hinter dem Gebäude abgestellt worden, damit sie von der Straße aus nicht gesehen wurden.

»Macht einen ziemlich verlassenen Eindruck«, sagte Hagen und stoppte den Wagen am Wegesrand, weit genug von dem Gebäude entfernt, sodass sie es durch die Windschutzscheibe in seiner ganzen schäbigen Pracht bewundern konnten. Der Putz war ergraut und wies Risse auf. Hinter den Fenstern, die nicht mit Brettern vernagelt worden waren, herrschte trübe Dunkelheit. Das wild wuchernde Gestrüpp umschloss das Haus wie ein Wall; nur vor dem Eingangsbereich war eine kahle Fläche aus brüchigem Teerbelag geblieben, aus dem vereinzelt abgestorbene Disteln ragten. Von der

59

Tür, zu der drei ausgetretene Stufen hinaufführten, blätterte die Lackfarbe in dicken Placken.

»Dann mal los.« Ruth öffnete den Wagenschlag und stieg aus. Sie richtete ihren Mantel, verzichtete jedoch wohlweislich darauf, ihn zuzuknöpfen, um bei Bedarf schneller an ihre Dienstwaffe heranzukommen.

Hagen kam auf der anderen Seite des Fahrzeugs zum Vorschein, drückte die Fahrertür zu und äugte konzentriert zu dem Haus hinüber.

»Alles ruhig«, stellte er fest.

»Wir gehen erst einmal um das Gebäude herum«, beschied Ruth. »Sie links und ich rechts.«

Hagen nickte knapp und marschierte los.

Vor dem Haus angekommen, quetschte sich Ruth zwischen Mauer und Brombeerranken und begann mit der Umrundung. Um durch die Fenster zu sehen, musste sie sich auf die Zehenspitzen stellen. Dabei achtete sie darauf, dass sie von den Zimmern aus nicht sofort bemerkt wurde, wenn sie durch die Scheiben oder einen Spalt im Bretterverhau spähte. Es raschelte trocken, als sie sich am Gestrüpp vorbeizwängte. Mehrmals musste sie ihren festgehakten Mantel mit einem Ruck von den Dornenranken losreißen.

In den Räumen war es so dunkel, dass kaum etwas zu erkennen war. Die Umrisse zurückgelassener Möbel zeichneten sich in den Schatten ab. Einmal glaubte Ruth, auf dem Boden eines ansonsten leeren Zimmers mehrere Matratzen auszumachen, die eine Art Bettstatt bildeten.

Als sie um die hintere Hausecke bog, traf sie mit Hagen zusammen. Mahnend legte er den Finger auf die Lippen und kam geduckt auf sie zu.

»Die haben sich in dem Gebäude eingenistet«, zischte er. »Auf meiner Seite gibt es eine improvisierte Küche.«

Ruth nickte. »Und ich habe einen Schlafplatz gefunden.«

»Haben Sie die Männer gesehen?«

Ruth schüttelte den Kopf.

»Ich auch nicht.« Hagen sah sich um. »Von den Motorrädern fehl ebenfalls jede Spur.«

»Ich habe die Maschinen auch nicht entdecken können.«

»Dann sind die beiden Männer womöglich gerade auf einer Spritztour unterwegs«, mutmaßte Hagen.

»Wir bleiben trotzdem wachsam«, mahnte Ruth. Mit einem Kopfnicken deutete sie hinter sich. »Wir gehen jetzt zum Eingang und sehen uns drinnen um.«

»Okay.«

In gekrümmter Haltung arbeiteten sie sich die Hausmauer entlang, darauf bedacht, dabei so wenig Geräusche wie möglich zu verursachen. Ruth klopfte hängen gebliebene Äste und Ranken von ihrem Mantel, als sie den Eingangsbereich erreichten. Hagen eilte mit federnden Schritten die Stufen empor. Bevor er sich an der Tür zu schaffen machte, zog er seine HK P30, eine speziell für die Polizei konzipierte Selbstladepistole des deutschen Waffenherstellers Heckler & Koch.

Im selben Moment wurde die Tür unwirsch aufgerissen. Ein Mann in Motorradkluft und Helm über dem Kopf stand vor Hagen. Ehe dieser begriff, wie ihm geschah, erhielt er einen schnellen, präzisen Tritt in den Bauch. Die Wucht des Kicks schleuderte Hagen rückwärts die Treppe hinunter und warf ihn auf den brüchigen Asphalt nieder.

Ruth reagierte mit routinierter Geschmeidigkeit. Trotzdem schaffte sie es nicht schnell genug, ihre Dienstwaffe zu ziehen, auf den Mann anzulegen und ihm eine Aufforderung zuzurufen. Seine hinter dem Rücken verborgene Hand schwenkte blitzschnell herum. Noch in der Bewegung löste sich ein Schuss aus dem Revolver, den er in der Faust hielt.

Das trockene Bellen der Detonation und der Schmerz, der durch Ruths Körper jagte, spielten sich in ihrer Wahrnehmung gleichzeitig ab. Die Pistole entglitt ihren plötzlich kraftlos gewordenen Fingern. Instinktiv ließ sie sich zur Seite fallen, zuckte im Stürzen noch einmal voller böser Vorahnungen zusammen, als ein zweiter Schuss loskrachte. Ein dumpfer, gepresster Laut entschlüpfte ihren Lippen, während sie auf den Boden prallte. Gegen den Schmerz ankämpfend rollte sie sich weg, auf ihre Waffe zu, die sie mit der Linken schließlich endlich zu fassen bekam.

Erneut wurde geschossen, und neben Ruths Kopf spritzten Asphaltbrocken zu den Seiten weg. Wieder gab es einen Knall. Ruth riss den linken Arm hoch, zielte aufs Geratewohl – und hielt inne. Der Mann im Hauseingang lehnte in gekrümmter Haltung am Türblatt. Die Arme hingen schlaff an seinem Körper herab. Plötzlich

61

neigte er sich nach vorn, als vollführte er auf einer Bühne eine Verbeugung. Dann stürzte er kopfüber nach vorn auf die Stufen.

Gehetzt sah Ruth zu Hagen hinüber, der wenige Schritte von ihr entfernt am Boden lag. Mit ausgestreckten Armen hielt er die Dienstwaffe vor sich, deren Lauf auf den Hauseingang zielte.

»Verdammt!«, rief er gepresst. »Sind Sie in Ordnung?«

Ruth schüttelte den Kopf und verzog das Gesicht, weil ihre Verletzung auf diese Bewegung mit heftigem Schmerz reagierte.

Hagen sagte etwas, doch seine Worte gingen im Lärm eines plötzlich startenden Motors unter. Wie das Brüllen aus dem Rachen eines Ungeheuers schallte das maschinelle Aufheulen aus dem Hauseingang ins Freie. Im nächsten Moment jagte aus der Dunkelheit des Flures ein Motorrad heran. Der Fahrer hatte den Oberkörper auf den Tank gepresst, und sein behelmter Schädel stak wie eine Bowlingkugel zwischen den stummelartigen Lenkstangen. Das Gesicht lag hinter dem schwarzen Visier verborgen.

Als die Kawasaki über die Türschwelle schoss, riss der Mann die Maschine hoch. In einem fünfundvierzig Grad Winkel flog sie über die Treppe und den darauf Hingestürzten hinweg und landete zwischen den Kriminalisten kunstvoll auf dem Hinterrad. Gleichzeitig gab der Fahrer und balancierte die Maschine auf die Schotterpiste zu. Als das Vorderrad aufsetzte, hatte er plötzlich Mühe, sein PS-starkes Gefährt unter Kontrolle zu bekommen. Die Kawasaki schwankte und schlingerte, aber es gelang ihm schließlich, sie zu stabilisieren. Mit hohen Beschleunigungswerten bretterte er die Piste hinunter und zog eine wild wallende Staubwolke hinter sich her.

Hagen kämpfte sich auf die Beine, rannte dem Flüchtenden stolpernd nach. Er zielte mit der Waffe, sah dann jedoch ein, dass er nichts mehr ausrichten konnte, und blieb stehen.

Die Kawasaki erreichte die Kreisstraße. Der Fahrer schwenkte, ohne zuvor abzubremsen, auf die Fahrbahn ein und beschleunigte erneut. Die Flucht wurde von dem wütenden Hupen eines Autofahrers begleitet, dem die Vorfahrt genommen worden war und der mit seinem Pkw deshalb halsbrecherisch hatte ausweichen müssen.

Hagen eilte zu Ruth hinüber, warf sich neben sie auf die Knie. »Wo hat er Sie erwischt?«, fragte er gepresst und nestelte sein Handy hervor. »Und wie oft?«

Ruth setzte sich auf, fasste sich vorsichtig an den rechten Oberarm, dort, wo ihr Mantel jetzt einen hässlichen, länglichen Riss aufwies. Mit einem scharfen Geräusch zog sie die Hand zurück. »Es ist bloß ein Streifschuss«, sagte sie und tastete dann ihren Körper ab.

»Er hat drei Mal auf Sie geschossen!«, erwiderte Hagen, während er das Handy ans Ohr presste.

»Ich bin nur einmal getroffen, wie es scheint«, stellte Ruth leicht benommen fest.

Hagen schielte zu dem reglos auf der Treppe liegenden Mann hinüber. »Ich hätte ihn schneller ausschalten müssen«, sagte er verbittert. »Aber ... es ging nicht. Der Tritt hat mich ...«

»Machen Sie sich keine Vorwürfe.« Ruth verstummte, denn sie hörte, eine Frauenstimme aus Hagens Handy dringen.

»Kollegin angeschossen«, rief ihr Partner. Hastig nannte er der Frau seinen Namen und den Dienstgrad und gab dann seine Position durch. Anschließend zählte er auf, welche Hilfe und Unterstützung benötigt wurde. Unter andrem forderte er Straßensperren an, um den flüchtigen Motorradfahrer abzufangen.

*

Eine halbe Stunde später steckte Ruths rechter Arm fachgerecht in einer Schlinge. Ihr Oberarm war von dem Notarzt mit vier Stichen genäht worden, und man hatte ihr eine kreislaufstabilisierende Vitaminspritze verabreicht. Doch nun hatte sie genug von der Fürsorge des medizinischen Personals.

Den Mantel über ihre Schultern gebreitet bewegte sie sich vom Rettungswagen weg auf den Hauseingang zu. Dr. Fixlmillner saß neben dem Niedergeschossenen auf den Treppenstufen, während Hagen die Taschen der Ledermontur des Toten durchsuchte.

»Ein sauberer Schuss«, konstatierte Fixlmillner, als Ruth ihm einen fragenden Blick zuwarf. Er zeigte auf die linke Körperseite diese Liegenden. »Das Projektil ging seitlich und im aufsteigenden Winkel zwischen dem dritten und vierten Rippenbogen in die Brust und durchschlug das Herz«, erläuterte er. »Eine Austrittswunde gibt es nicht, daher vermute ich, dass die Kugel im rechten Lungenflügel stecken geblieben ist.« Er sah zu Hagen hinüber. »Der Mann war augenblicklich tot.«

63

Kommentarlos fuhr Hagen mit seiner Tätigkeit fort. Schließlich zog er eine Geldbörse aus der Innentasche der Ledermontur. Seine Hände zitterten leicht, als er das Portemonnaie öffnete. Ein dickes Bündel Hunderteuroscheine steckten darin, sowie ein Personalausweis und ein Führerschein. »Der Mann hieß Jürgen Mayer«, las er vom Ausweis ab. »Das Dokument wurde in Hamburg ausgestellt.«

Ruth legte ihrem Partner eine Hand auf den Unterarm. »Überlassen Sie das den Kollegen der Spurensicherung.«

Hagen schüttelte unwirsch den Kopf. »Ich … ich muss jetzt etwas tun, sonst … sonst …«

»Es ist vollkommen normal, dass Ihre Gefühle jetzt mit Ihnen Achterbahn fahren«, sagte Ruth. »Sie haben einen Menschen getötet. Das geht nicht spurlos an einem vorbei.«

Hagen biss die Zähne so fest aufeinander, dass sich die Wangenmuskeln unter der Haut deutlich abzeichneten. »Ich habe viel zu lange gebraucht, um diesen Tritt zu verarbeiten und mich daran zu erinnern, dass ich eine Waffe in der Hand hielt«, sagte er hart. »Sie … Sie hätten jetzt tot sein können, Ruth!«

Sie sah ihm eindringlich in die Augen. »Bin ich aber nicht – weil Sie trotz allem rechtzeitig gehandelt haben!«

»Es hätte auch anders enden können.« Hagen drückte einer Kollegin von der KTU, die gerade aus dem Haus kam, wortlos die Geldbörse in die Hand.

Die Frau nickte freundlich; sie ahnte wohl, was der junge Kommissar momentan durchmachte. »Das wird schon wieder«, sagte sie und schenkte ihm ein aufmunterndes Lächeln. Dann entfernte sie sich und steckte das Portemonnaie in eine Beweismitteltüte.

Hagen richtete den Blick auf die offen stehende Haustür. »Sehen wir uns drinnen um«, sagte er. Ohne auf Ruths Reaktion zu warten, stapfte er los.

Fixlmillner sah die Hauptkommissarin mit hochgezogenen Brauen an. »Arbeit ist manchmal die beste Medizin«, sagte er.

Ruth zuckte wenig überzeugt mit den Schultern und beeilte sich dann, zu ihrem Partner aufzuschließen.

Unmittelbar hinter der Tür lehnte eine lange Planke an die Flurwand. »Die haben sie wahrscheinlich als Rampe für ihre Motorräder benutzt, um sie die Stufen hochzubekommen«, kommentierte Hagen.

64

»Sieht ganz danach aus«, erwiderte Ruth zurückhaltend. Sie machte sich Sorgen um Hagen, wusste aber nicht recht, wie sie zu ihm durchdringen konnte. Er war sichtlich bemüht, die Routine aufrechtzuerhalten und zu tun, was ein Kommissar tun musste, wenn er das ausgehobene Nest von Verbrechern inspizierte.

»Hier haben sie ihre Motorräder untergestellt«, erkannte er, als er einen Blick in ein angrenzendes Zimmer warf. Das Fenster war dicht mit Holzlatten verrammelt, sodass kein Lichtschimmer hindurch drang. Nur der Schein, der durch die offene Tür fiel, ließ die in dem Raum stehende Kawasaki im Dunkeln aufschimmern. Der Geruch von Schmieröl und Benzin hing in der Luft.

Hagen nickte gewichtig. »Sie haben ihre Maschinen absichtlich versteckt. Und das Fenster hier ist so gut verrammelt, dass wir bei unserem Rundgang nicht hineinsehen konnten.« Er bedachte Ruth mit einem kurzen Seitenblick. »Das verleitete uns zu der Annahme, die beiden Männer wären unterwegs. Aber sie waren vor Ort. Und nicht nur das: sie hatten uns bemerkt und waren vorbereitet, wir jedoch nicht …« Er brach ab, schaute ziellos im Zimmer umher.

Ruth enthielt sich eines Kommentars. Hagen war dabei, das Geschehen zu verarbeiten, und diesen Prozess wollte sie nicht stören oder beeinflussen. Er suchte nach einer Erklärung, wie es zu diesem Gewaltausbruch, der einem Menschen das Leben gekostet hatte, hatte kommen können. Irgendwann, so hoffte sie, würde er erkennen, dass die kriminelle Energie dieser Männer der ausschlaggebende Faktor gewesen war und die Lage auch dann eskaliert wäre, wenn sie sich in irgendeiner Form anders verhalten hätten.

Ruth folgte Hagen auf dem Fuße, während er ein Zimmer nach dem anderen in Augenschein nahm.

»Haben Sie irgendetwas Interessantes entdeckt?«, fragte er die Kollegen der Spurensicherung, die sich das »Schlafzimmer« der Männer vorgeknöpft hatten.

»Bis auf ein paar Kleidungsstücke haben die hier nichts Persönliches hinterlassen«, beantwortete einer der in weiße Schutzanzüge gekleideten Beamten die Frage. Er deutete auf das Matratzenlager und die beiden Schlafsäcke, die darauf lagen. »Sie haben sich ein Bett geteilt.«

Ruth zog eine Augenbraue in die Stirn. Das Bett erschien ihr für zwei Personen ein wenig schmal. Die Schlafsäcke lagen dicht beieinander. »Das sieht ziemlich kuschelig aus«, merkte sie an.

65

Der Kriminaltechniker nickte zustimmend. »Womöglich war denen das sogar ganz recht so.« Er zog mit der Schuhspitze eine halb unter der Matratze steckende Packung Kondome hervor.

»Die beiden waren ein Paar?«, fragte Hagen rau.

»Gut möglich«, erwiderte der Beamte.

Ruth fasste Hagen am Arm und zog ihn aus dem Zimmer. »Lassen Sie das nicht zu nahe an sich ran«, mahnte sie.

Hagen nickte gefasst. Gemeinsam setzten sie die Inspektion fort.

In den übrigen Räumen sah die Lage ähnlich aus wie im Schlafzimmer. Alles, was gefunden wurde, waren gewöhnliche Gegenstände des täglichen Bedarfs, wie Zahnbürsten, Seife, Lebensmittel und ein Campingkocher. Strom und fließendes Wasser gab es in dem aufgegebenen Gebäude nicht. Aber die beiden Männer hatten es verstanden, Abhilfe zu schaffen. Wasserflaschen im abgewrackten Badezimmer und der Campingkocher, der über einen Heizaufsatz verfügte, verrieten, dass sie es trotz der spartanischen Behausung verstanden hatten, es sich hier einigermaßen behaglich zu machen.

»Die müssen schon etliche Tage in diesem leer stehenden Gebäude gehaust haben«, fasste Hagen seine Eindrücke am Ende des Rundganges zusammen. »Und wie es scheint, hatten sie nicht geplant, demnächst abzureisen.«

Ruth rückte den Mantel auf ihren Schultern zurecht. Der Hausflur war klamm und es roch nach feuchtem Gemäuer. »Wahrscheinlich wollten sie nicht öffentlich in Erscheinung treten«, sagte sie. »Andernfalls hätten sie sich ein Hotelzimmer genommen. Dass sie nicht genug Geld hatten und darum in dieser Bruchbude abgestiegen sind, wage ich zu bezweifeln. Die teuren Motorräder, die zurückgelassene Ausrüstung und die prall gefüllte Brieftasche des Toten weisen eher nicht darauf hin, dass sie knapp bei Kasse waren.«

Hagen nickte mit finsterer Miene. »Und sie sind bewaffnet und haben Drogen konsumiert.«

Ruth legte Hagen eine Hand auf die Schulter. »Es ist nur noch eine Frage der Zeit, bis wir mehr über diese Männer wissen und uns ein Bild davon machen können, was sie in Greetsiel gewollt haben.«

Hagen sah sie aufgewühlt an. »Der Flüchtige wird ebenfalls bewaffnet sein.«

Ruth nickte. »Die Kollegen wurden entsprechend instruiert.«

66

Hagen ließ die Schultern hängen. Er sah aus wie ein Mann, dem langsam der Wind aus den Segeln genommen wurde. »Und jetzt?«, fragte er ein wenig ratlos.

»Jetzt lassen wir unsere Kollegen in Ruhe ihre Arbeit tun.« Ruth hakte sich mit ihrem unverletzten Arm bei Hagen unter, deutete mit einem Kopfnicken zur Haustür und zog ihn mit sich.

Der Leichnam von Jürgen Mayer war inzwischen von der Treppe entfernt worden. Zwei Mitarbeiter eines Bestattungsunternehmens schoben soeben den Zinksarg hinten in ihren Leichenwagen.

Am Ende der Eingangstreppe angekommen, machte sich Hagen von seiner Chefin los. Während er wie benommen dastand und den Blick über den Vorplatz schweifen ließ, als würde er das zurückliegende Geschehen noch einmal vor seinem inneren Auge Revue passieren lassen, wechselte Ruth noch ein paar Worte mit Dr. Fixlmillner und dem Leiter der Spurensicherung. Anschließend führte sie mit ihrem Handy zwei kurze Telefonate. Dann kehrte sie zu Hagen zurück.

»Wir fahren jetzt ins Büro«, erklärte sie und streckte Hagen die Hand hin.

Verständnislos sah er ihre Handfläche an.

»Die Autoschlüssel«, sagte Ruth. »Geben Sie sie mir. In Ihrem Zustand werde ich Sie nicht ans Steuer unseres Einsatzwagens lassen.«

Hagen nickte verstehend und händigte Ruth die Schlüssel aus. Er schwieg, als er wenig später auf dem Beifahrersitz saß und Ruth den BMW hinunter zur Kreisstraße rollen ließ. Der Motor brummte leise vor sich hin und ein Kaninchen rannte quer über den Pfad.

Hagen lächelte kaum merklich, als er dem Tier mit den Blicken folgte.

Bis sie den Parkplatz der Polizeiwache in Greetsiel erreichten, sprachen die beiden kein einziges Wort. Das Schweigen hatte etwas Heilsames, das spürten beide instinktiv. Jedes Gespräch wäre bloß eine hohle Fassade gewesen, um die Gefühle zu kaschieren, die sie in diesem Moment bewegten. Dass sie diese Ablenkung nicht wollten, sondern sich zugestanden, sich ihrem aufgewühlten Inneren zu widmen, während sie still nebeneinandersaßen, festigte ihre Verbindung und vertiefte ihre Vertrautheit auf eine Weise, wie sie ohne die zurückliegenden Schrecknisse nicht möglich gewesen wäre.

67

*

Als Ruth und Hagen aus dem Fahrzeug stiegen, schwenkte ein weißer Kastenwagen auf den Parkplatz der Polizeiwache ein. Eine schlanke, zierliche Frau mit blauschwarzen, glatten Haaren saß am Steuer. An der Seite des Kleintransporters prangte das Bild eines Storchs, der ein Bündel mit einem Baby darin im Schnabel trug.

»Dünya?«, rief Hagen perplex, während seine Freundin ihm fröhlich zuwinkte. »Was hat sie denn hier …« Er verstummte und sah Ruth von der Seite an. »Sie haben sie angerufen«, dämmerte es ihm.

Die Hauptkommissarin nickte. »Felix wird auch gleich eintreffen.« Tief atmete sie durch. »Für uns beide ist es jetzt wichtig, einen uns liebenden Menschen an unserer Seite zu haben.«

Hagen schmunzelte. »Tatsächlich ist es genau das, was ich mir gewünscht habe.«

Dünya verließ den Wagen. Der Blick ihrer dunklen Augen war unverwandt auf Hagen gerichtet. »Du Armer«, sagte sie mitfühlend und umarmte ihn. »Ich habe immer befürchtet, dass dieser Tag irgendwann einmal kommen würde.«

»Der Tag, an dem du mich auf dem Parkplatz der Polizeiwache umarmen wirst?«, scherzte Hagen.

Dünya rückte ein wenig von ihm ab und sah ihn tadelnd an. »Das Scherzen wird dir schon noch vergehen, mein Lieber.«

Hagen nickte beklommen. »Es ist schön, dass du da bist.«

Erneut schloss Dünya ihn in ihre Arme, drückte ihn fest an sich. »Wir stehen das zusammen durch.«

Hagen machte sich von ihr los. Tränen schimmerten in seinen Augen. Verstohlen wischte er sie fort, denn in diesem Moment traf ein weiteres Fahrzeug auf den Parkplatz ein. Es handelte sich um Ruths kirschroten VW up!, und hinter dem Steuer saß Felix. Allerdings war der Kapitän der Wasserschutzpolizei nur auf den zweiten Blick als ebendieser zu erkennen, denn sein Kopf war von einem dichten Wust aus Dreadlocks umgeben. Die Rastalocken hingen bis auf seine Schultern herab und verliehen ihm einen leicht verwegenen Ausdruck.

Ruth rieb sich peinlich berührt den Nacken. »Wie siehst du denn aus?«, rief sie Felix zu, als dieser nun schwungvoll den Wagen verließ.

68

Felix breitete die Arme aus und drehte sich im Kreis, damit er von allen Seiten bewundert werden konnte. »Das wirkt doch ziemlich authentisch, nicht wahr?«, fragte er vergnügt.

Ruth schüttelte nachsichtig den Kopf. »Erzähl mir nicht, dass du in diesem Aufzug beim Souvenirstand von Erika Smollner erschienen bist!«

»Worauf du dich verlassen kannst.« Felix gesellte sich zur Gruppe hinzu. »Du hattest mir aufgetragen, herauszufinden, ob Erika Smollner entgegen ihrer Behauptung an ihrem Stand sehr wohl Seetang verkauft. Und da erschien mir diese Aufmachung am geeignetsten.« Er griff sich ins Haar und zog sich die Perücke vom Kopf.

»Wo haben Sie dieses hässliche Ding her?«, fragte Dünya.

Felix schwenkte die Perücke in Ruths Richtung. »Sie lag bei den Faschingskostümen der Frau Hauptkommissarin.«

»Und – hat Erika dich zum Teufel gejagt?«, fragte Ruth.

Felix lächelte verschmitzt. »Nee«, sagte er. »Sie hat mir ohne viel Federlesen das hier verkauft.« Er zog ein Tütchen aus der Hosentasche und warf es Ruth zu.

Die Hauptkommissarin fing den Beutel mit der gesunden Hand auf, hielt ihn prüfend gegen das Licht der Abendsonne und schnupperte daran. »Marihuana«, stellte sie fest. »Wie ich erwartet hatte.«

»Sie hatten vermutet, dass Erika Smollner Haschisch verkauft?«, wunderte sich Hagen.

Ruth nickte. »Was dachten Sie denn, was mit ›Seetang‹ gemeint sein könnte?«

Hagen verzog säuerlich das Gesicht. »Nun, ich hatte eigentlich angenommen, dass diese junge Frau, die an den Souvenirstand kam, tatsächlich bloß ein ausgefallenes Andenken kaufen wollte.«

Dünya schüttelte den Kopf. »Ist diese Verkleidung nicht ein bisschen zu klischeehaft? Ein Kerl mit Dreadlocks will Marihuana kaufen. Das ist doch albern!«

»Hat aber funktioniert«, erwiderte Felix. »Jedenfalls ist es Frau Smollner nicht in den Sinn gekommen, dass ich für die Polizei arbeiten könnte. Nachdem ich ihr sagte, ich wolle eine Tüte Seetang kaufen, wurde ich prompt bedient.« Vorsichtig berührte er Ruths verwundeten Arm. »Tut es sehr weh?«

69

Ruth hob ihre gesunde Schulter und ließ sie wieder sinken. »Geht so. Es ist nicht das erste Mal, das ich angeschossen wurde. In meiner Zeit in Hamburg ist mir das zweimal passiert.«

»Und haben Sie schon mal einen Menschen getötet?«, erkundigte sich Dünya.

Ruth nickte beklommen. »Einen Amokläufer, der auf der Reeperbahn um sich geschossen hat. Ich streckte ihn mit zwei Schüssen nieder, nachdem er vier Personen lebensgefährlich verletzte.«

Dünya strich Hagen über den Arm. »Dann wissen Sie ja recht gut, wie Hagen sich jetzt fühlen muss.«

Ruth bedachte die Hebamme mit einem sanften Lächeln. »Aus diesem Grund habe ich Sie gebeten, hierherzukommen, Dünya. Aus eigener Erfahrung weiß ich, wie wichtig es in einer solchen Situation ist, einen geliebten Menschen an seiner Seite zu haben.« Sie wandte sich Hagen zu. »Wir machen jetzt Feierabend. Wenn Sie sich morgen nicht gut fühlen, befehle ich Ihnen hiermit, gefälligst zu Haus zu bleiben. Dies gilt auch für die darauffolgenden Tage.«

Hagen nickte kurz. »Haben Sie es damals auch so gehandhabt, nachdem Sie diesen Amokschützen erledigten?«

Ruth verzog den Mund. »Da lebte ich gerade in Trennung und war allein für meine kleine Tochter verantwortlich. Es war eine schwere Zeit.« Sie lächelte Hagen aufmunternd zu. »Sie haben es in dieser Hinsicht weitaus besser als ich damals.«

»Sie sind also *nicht* zu Hause geblieben«, beantwortete Hagen seine eigene Frage.

»Sie sollten es aber unbedingt tun«, drängte Ruth.

»Mal schauen.« Hagen legte Dünya den Arm um die Hüften. »Jetzt brauche ich auf jeden Fall erst mal eine Auszeit.« Er nickte in die Runde und schlenderte dann gemeinsam mit Dünya auf das Hebammenauto zu. Ruth und Felix winkten dem Paar hinterher, als der weiße Kastenwagen kurz darauf in die Ankerstraße einbog und langsam davonfuhr.

»Gönnen wir uns jetzt auch eine Auszeit?«, fragte Felix.

»Gleich«, erwiderte Ruth. »Ich habe erst noch ein paar Kleinigkeiten im Büro zu erledigen.« Sie hob kurz den in der Schlinge steckenden Arm. »Anschließend lasse ich mich gerne von dir umsorgen.«

70

Kapitel 5

Ruth nickte ernst, als Hagen am nächsten Morgen ins Büro spazierte. »Immerhin sind Sie nicht pünktlich«, sagte sie und widmete sich erneut ihrem Computerbildschirm. »Das werte ich als gutes Zeichen.« Den verwundeten Arm hatte sie von seiner Schlinge befreit; die Schlaufe lag wie hingeworfen auf der Fensterbank.

Hagen ließ sich in seinen Bürosessel fallen und streckte die Beine von sich. »Ich habe es nicht lange ausgehalten, untätig in der Wohnung rumzuhocken«, gestand er. »Ich muss wissen, was das für Leute sind, die wir in diesem verlassenen Haus aufgestöbert haben.«

»Die haben es faustdick hinter den Ohren«, sagte Ruth. »Die kriminaltechnische Untersuchung der Gegenstände, die in dem Gebäude sichergestellt wurden, ist schon ziemlich weit gediehen.« Sie deutete auf den Bildschirm. »Der Mann, den Sie in Notwehr erschossen haben, hieß gar nicht Jürgen Mayer, sondern Jürgen Horatz.«

Hagen zog die Beine unter den Sessel. »Er hatte also gefälschte Dokumente bei sich?«

»Sowohl der Personalausweis als auch der Führerschein waren gefälscht«, bestätigte Ruth. »Und die Motorräder sind gestohlen und beide mit falschen Nummernschildern versehen worden.«

»Das ist ja ein Ding!«

»Das zurückgelassene Motorrad konnte anhand der Rahmennummer identifiziert werden«, erläuterte Ruth. »Beide Kawasakis wurden vor zwei Wochen während eines Einbruchs in einen Motorradladen in Harburg gestohlen.«

»Was ist mit dem Flüchtigen?«

»Der ist noch nicht aufgegriffen worden. Bei den Straßensperren ist er mit seiner Maschine nicht aufgetaucht.«

»Dann ist er womöglich noch in der Nähe«, sagte Hagen aufgeregt.

»Oder er hat einen Schleichweg gefunden, der ihn um die Polizeisperren herumgeführt hat«, erwiderte Ruth. »Mit einem Motorrad ist so was einfacher zu bewältigen als mit einem Auto.«

Hagen machte ein finsteres Gesicht. »Wer war dieser Jürgen Horatz? Haben Sie etwas über ihn herausgefunden?«

Ruth rieb sich die Wange. »Er konnte anhand der Fingerabdrücke identifiziert werden. Und er ist bei der Polizei kein unbeschriebenes Blatt.«

71

»Was hatte er ausgefressen?«

Ruth wandte sich ihrem Partner zu. »Jürgen Horatz war wegen kleinerer Delikte aufgefallen. Körperverletzung, Belästigung, Einbruch, ein paar Verkehrswidrigkeiten, Drogenbesitz.«

Hagen furchte die Stirn. »Das passt irgendwie nicht mit diesem schießwütigen Kerl zusammen, auf den wir getroffen sind.«

»Dass er gefälschte Ausweise bei sich hatte, lässt auch eher vermuten, dass er in der Unterwelt ein größeres Kaliber gewesen sein musste«, bestätigte Ruth. »Jürgen Horatz beherrschte mindestens eine Kampfsportart. Der Tritt, den er Ihnen verpasst hatte, das war ein präzise ausgeführter Karatekick. Außerdem ist er im Umgang mit Waffen geübt. Und die Art und Weise, wie sie sich in ihren Unterschlupf verschanzt haben, erscheint mir ebenfalls bemerkenswert.« Sie schüttelte den Kopf. »Das alles weist auf eine gewisse Professionalität hin, die weit über die einer Person hinausgeht, die bisher bloß durch kleinere Delikte aufgefallen ist.«

»Diese Diskrepanz könnte erst recht auf einen Experten hinweisen«, bestätigte Hagen. »Vielleicht war Jürgen Horatz einer dieser Schwerverbrecher, die so ausgefuchst sind, dass sie der Polizei trotz ihrer Umtriebe nicht groß auffallen. Die beiden Männer trugen ständig Handschuhe, hatte Erwin Fuchs uns berichtet. Bestimmt, weil sie keine Fingerabdrücke hinterlassen wollten.«

»Gut möglich«, sagte Ruth.

Hagen machte ein ernstes Gesicht. »Dann wäre es durchaus auch denkbar, dass Jürgen Horatz und sein Komplize etwas mit dem Mord an Volker Arbenz zu tun haben.«

Ruth wiegte abwägend den Kopf. »Und warum haben sie sich dann nicht längst aus dem Staub gemacht. Warum blieben sie und trieben sich sogar am Tatort herum?«

Hagen nickte zerknirscht. »Das ist allerdings höchst seltsam«, musste er einräumen.

Ruth rollte mit dem Sessel ein Stück von ihrem Schreibtisch weg. »Da ist noch was: Das abgebrochene Messer, das wir dank Ihnen in der Satteltasche von Achim Daarens Motorrad sicherstellen konnten, ist laut KTU-Bericht die Tatwaffe.«

Hagen nickte kaum merklich. »Das hatte ich auch nicht anders erwartet.«

72

»Bisher haben wir keine Anhaltspunkte, dass zwischen Achim Daaren, Jürgen Horatz und seinem Komplizen eine Verbindung bestehen könnte.«

»Dann ist Achim also unser Mann. Er hat Volker Arbenz erstochen!«

»Seine Fingerabdrücke wurden auf der Waffe nicht gefunden«, gab Ruth zu bedenken. »Es gab überhaupt keine Fingerabdrücke. Entweder hatte der Mörder Handschuhe getragen oder der Griff wurde später mit einem Tuch abgewischt.«

»Wir werden Achim also nicht verhaften?«

Ruth hob leicht ihre unverletzte Schulter. »Dem Richter reichen die Indizien für einen Haftbefehl nicht aus.«

Hagen gab einen unzufriedenen Laut von sich. »Dann werden wir Achim wohl in die Mangel nehmen müssen, bis er uns die Wahrheit sagt.«

»Und er wird uns erklären müssen, wie dieses Silberbesteck in seinen Besitz gelangte«, setzte Ruth hinzu. »Auf dem Besteck sind seine Fingerabdrücke nämlich sehr wohl nachzuweisen.«

Hagen furchte die Stirn. »Er hatte behauptet, weder zu wissen wie das Fischmesser noch wie das Silberbesteck in seine Satteltaschen gelangt ist.«

»Im Fall des Essbestecks hat er uns nachweislich angelogen. Er hat es in den Händen gehabt. Und Volker Arbenz hatte es ebenfalls berührt. Seine Fingerabdrücke wurden auf den Messern und Gabeln ebenfalls nachgewiesen.«

Hagen hob die Augenbrauen. »Wie passt das alles zusammen?«

»Das Brisante daran ist, dass es sich bei diesem Besteck offensichtlich um Diebesgut handelt«, setzte Ruth noch einen obendrauf. »Es wurde vor etlichen Tagen aus einem Haus in der Krummhörn entwendet. Dort war in der Nacht eingebrochen worden. Dabei ist unter anderem das Besteck gestohlen worden. Das war übrigens nicht der einzige Einbruch dieser Art. In den vergangenen Monaten gab es eine ganze Serie ähnlicher Straftaten.«

Hagen schüttelte verwirrt den Kopf. »Achim Daaren hat gelogen. Das wirft kein gutes Licht auf ihn und seine Behauptung, nichts über das blutige Messer zu wissen.«

»Unter anderem auch deswegen lässt Herr Lindau uns einen Durchsuchungsbefehl zukommen. Wir werden uns das Haus von Achim Daaren einmal genauer ansehen.«

73

Hagen stand abrupt auf. Als er bemerkte, dass Ruth keine Anstalten machte, sich ebenfalls zu erheben, sah er sie fragend an.

»Nicht nur Achim Daaren sollte im Fadenkreuz unserer Mordermittlungen stehen«, sagte sie.

»Wer denn noch. Diese Haschischverkäuferin etwa?«

Ruth nickte bestätigend. »Erika Smollner hat uns ebenfalls angelogen. Sie sagte die Unwahrheit, als sie behauptete, dass es zwischen ihr und Volker Arbenz keine Intimitäten gegeben hat.«

Hagen setzte sich wieder hin. »Und das wissen wir warum?«

»Den Technikern der KTU ist es gelungen, an die Daten in Herrn Arbenz Handy heranzukommen. Darauf gab es einen versteckten Ordner und der ist voller Aktfotos, die Erika Smollner zeigen – in Volkers Armen.«

»Oha.« Hagen kratzte sich am Nacken. »Wir haben also zwei Personen, die nicht ganz ehrlich zu uns waren und in engerer Beziehung zu dem Mordopfer standen.«

»Staatsanwalt Lindau hat darum nicht gezögert, uns auch für Frau Smollners Wohnung und ihren Verkaufsstand einen Durchsuchungsbefehl auszustellen. Dass sie Marihuana verkauft, hat ihm die Entscheidung erleichtert.«

»Sie haben also vor, zuerst Erika Smollner einen Besuch abzustatten«, dämmerte es Hagen.

»Ganz richtig.« Ruth sah auf ihre Armbanduhr. »Sie wird ihren Souvenirstand in ein paar Minuten öffnen. Bis dahin liegen uns auch die richterlichen Beschlüsse vor.« Ruth deutete zur Verbindungstür in die Teeküche hinüber. »Bevor wir zur Tat schreiten, genehmigen wir uns ein belebendes Heißgetränk. Währenddessen erzählen Sie mir, wie Sie inzwischen zu den Vorkommnissen beim verlassenen Haus stehen.«

Hagen sah einen Moment lang blicklos vor sich hin, nickte dann aber. »So machen wir es.« Er schnellte aus seinem Sessel hoch. Energisch marschierte er auf die Teeküche zu, als wollte er das von Ruth verlangte Gespräch so schnell wie möglich hinter sich bringen.

*

Ruth fuhr mit dem E-Bike dicht hinter Hagen her die Mühlenstraße hinunter. Es schlenderten nur ein paar wenige Passanten die verkehrsberuhigte Straße entlang, um sich die Schaufenster der

74

kleinen Geschäfte anzusehen. Die Morgensonne stand tief und die Schatten waren lang. Ein frostiger Hauch lag auf den Dächern der Friesenhäuser.

Ruths Gedanken beschäftigten sich noch immer mit dem zurückliegenden Gespräch, das sie mit ihrem Partner in der Teeküche geführt hatte. Wie sie selbst, vertrat auch er den Standpunkt, dass er keine andere Wahl gehabt hatte, als den Mann niederzuschießen. Aber er haderte mit sich selbst, weil er nicht schneller reagiert hatte. Er gab sich die Schuld daran, dass Jürgen Horatz drei Schüsse auf Ruth hatte abfeuern können. »Ich hätte ihn viel früher unschädlich machen müssen«, hatte er gesagt und den Kaffeebecher dabei umklammert, als handelte es sich um seine Dienstwaffe. »Wenn er Sie tödlich getroffen hätte ... das ... das hätte ich mir niemals verziehen. Ich wäre zerstört gewesen, sowohl als Person als auch beruflich!«

Ähnlich hatte Ruth damals auch gedacht, als sie begonnen hatte, den Tod des Amokläufers zu verarbeiten, den sie erschossen hatte. Selbstquälerisch hatte sie sich vorgeworfen, dass sie den Mann nicht früher gestoppt hatte. Sie glaubte, unschuldige Menschenleben dadurch gefährdet zu haben. Dabei war sie gar nicht in der Lage gewesen, vorher an den Mann heranzukommen, so wie auch Hagen nicht dazu imstande gewesen war, Jürgen Horatz auszuschalten, bevor dieser dreimal auf Ruth schießen konnte.

Diese irrationalen Gedanken waren lediglich ein Schutzmechanismus, wie sie inzwischen wusste. Sie wurden aus Wut und Hilflosigkeit heraus geboren und verstellten die Sicht auf die Gefühle, die jeden überkamen, der das Leben eines Menschen auf dem Gewissen hatte. Die ungeschönte Erkenntnis, eine Existenz ausgelöscht zu haben, würde Hagen irgendwann überwältigen und Trauer in ihm hervorrufen.

Dass Jürgen Horatz ein Verbrecher gewesen war, der auch vor Mord nicht zurückgeschreckt war und in einer akuten Situation unbedingt hatte unschädlich gemacht werden müssen – diese nüchterne Einsicht stand am Ende des schmerzhaften Prozesses, der Hagen nun bevorstand. Den ersten Schritt hatte er bereits getan, weitere würden folgen müssen. Ruth würde ihrem Partner dabei vorbehaltlos zur Seite stehen, aber sie wusste auch, dass er ein paar Sitzungen bei einem Polizeipsychologen benötigen würde.

75

Hagen bremste sein Fahrrad ab und stoppte neben einem Geländer. Ruth tat es ihm gleich. Sie ketteten ihre Bikes aneinander und schlenderten hinüber zum Platz mit den Souvenirbuden. Die anwesenden Händler waren noch damit beschäftigt, die Auslagen ihrer Verkaufsstände zu bestücken, Gestelle mit Postkarten aufzubauen oder Fähnchen aufzuhängen. Erika Smollner zog gerade ein rollbares Regal aus ihrer Bretterbude, auf dem mit plattdeutschen Sinnsprüchen beschriftete Teetassen aufgereiht waren. Sie zuckte kaum merklich zusammen, als sie die Kriminalisten auf sie zukommen sah.

»Was wollen Sie denn schon wieder von mir?«, fragte sie barsch und arretierte mit der Schuhspitze die Feststellbremse des Tassen-regals.

Hagen zeigte der Frau den richterlichen Beschluss. »Wir möchten uns ihre Verkaufsbude mal genauer ansehen«, erklärte er.

»Was soll das?«, rief Erika aufgebracht. »Wollen Sie mich etwa schikanieren?«

»Wir stellen lediglich Ermittlungen an«, beschwichtigte Ruth.

Kommentarlos schob sich Hagen durch die schmale Tür in den Bau aus Brettern und Zeltplanen. Er streifte sich Einmalhandschuhe über und begann sich umzusehen.

»Glauben Sie etwa immer noch, dass ich mit dem Mord an Volker was zu tun habe?« Erika machte einen langen Hals, während sie über den Verkaufstresen hinweg Hagen dabei beobachtete, wie dieser in die Kartons hineinsah, die sich entlang der Rückwand stapelten. »Da ist nix Interessantes drin!«, rief sie ihm patzig zu, als er eine Umhängetasche in Augenschein nahm, die an einem Haken baumelte.

Hagen griff in die Tasche und förderte eine Handvoll kleiner Tüten ans Tageslicht. »Seetang, wenn ich mich nicht täusche!«, rief er sarkastisch herüber.

Erika schluckte trocken. »Dieses Kraut hat nichts mit dem Mord an Volker zu tun!«, begehrte sie auf.

»Sie haben das Marihuana nicht von Herrn Arbenz bezogen?«, fragte Ruth.

Sie schüttelte vehement den Kopf. »Wenn Sie glauben, dass ich Ihnen meinen Händler ans Messer liefere, dann haben Sie sich geschnitten!«

76

Diese Äußerung ließ Ruth vermuten, dass Volker Arbenz die Frau tatsächlich nicht mit Marihuana versorgt hatte. Es wäre einfach gewesen, es zu behaupten, denn er war ja jetzt tot und konnte nicht dementieren. Dass Erika es dennoch nicht tat, zeugte ihrer Meinung nach von Respekt für den Toten.

»Warum haben Sie uns angelogen, als wir Sie fragten, wie intim Ihr Verhältnis zu Herrn Arbenz gewesen ist?«, wollte sie nun wissen.

»Ich habe nicht gelogen«, behauptete Erika.

Ruth lächelte schwach und holte ihr Handy hervor. Sie rief einen Ordner auf und drehte Erika den Bildschirm zu. »Diese Fotos wurden auf Herrn Arbenz Smartphone gefunden«, erläuterte sie und wischte mit dem Zeigefinger über das Display, sodass die Bilder rasch wechselten, die Erika und Volker beim Liebesspiel zeigten. »Diese Aufnahmen sind in Volkers Wohnmobil entstanden. Der Hintergrund lässt dahingehend keine Zweifel aufkommen.«

Erika errötete. »Dieser Schuft«, presste sie zwischen zusammengebissenen Zähnen hervor. »Er hat diese Fotos heimlich gemacht … wahrscheinlich mit einem Selbstauslöser. Ich habe nichts davon mitgekriegt!«

»Ihr Verhältnis zu Volker war also inniger, als Sie es uns gegenüber zugeben wollten«, fasste Ruth zusammen und steckte das Handy zurück in ihre Manteltasche.

Erika verschränkte die Arme. »Ich fand, dass Sie das nichts angeht!«

»Vielleicht wollten Sie auch bloß vermeiden, dass wir Sie zum potenziellen Täterkreis hinzurechnen«, gab Ruth zurück. »Verbrechen aus Leidenschaft ist ein häufiges Tatmotiv.«

»Ich habe Volker nicht getötet!«, begehrte Erika lauthals auf. Beunruhigt sah sie sich um, denn ein paar der auf dem Platz Anwesenden schauten neugierig zu ihr herüber. »Ich bin keine Mörderin«, sagte sie dann mit gedämpfter Stimme.

»Volker hatte mit Kocks gedealt«, sagte Ruth mit Bedacht.

Erika sah sie bestürzt an. »Davon wusste ich nichts!«, beteuerte sie.

Ruth hob skeptisch eine Augenbraue. »Es fällt mir schwer, das zu glauben.«

»Es ist aber wahr!« Vehement schüttelte Erika den Kopf. »Mit harten Drogen habe ich nichts zu schaffen. Ab und an mal einen Joint rauchen, das finde ich okay. Diese harten Sachen allerdings … damit

77

zerstört man nur sein Karma. Ich würde so was auch niemals verkaufen!«

»Und wie erklären Sie sich dann das hier?« Hagen warf eine kleine Klarsichttüte zwischen die Miniaturleuchttürme und die Friesenhäuschenmodelle auf den Tisch. Das weiße, kristalline Pulver in dem Beutel glitzerte im Sonnenlicht.

Erika sperrte den Mund auf, brachte jedoch keinen Laut heraus. Ungläubig starrte sie zuerst das Tütchen und dann Hagen an, der in der Bude vor dem Verkaufstresen stand. »Wo … wo haben Sie das her?«, fand sie ihre Sprache wieder.

Hagen deutete unter den Ladentisch. »Von diesen Beuteln sind mehrere mit Klebestreifen unter der Holzplatte befestigt worden.«

»Das glaube ich Ihnen nicht!« Sie stürmte los und huschte durch die schmale Tür an Hagens Seite. Vor der Auslage ging sie in die Hocke und schaute unter die Holzplatte. Ihr Gesicht war um einige Nuancen blasser geworden, als sie kurz darauf zum Vorschein kam. Argwöhnisch musterte sie Hagen von oben bis unten. »Haben Sie diese Drogen dort deponiert?« Gehetzt sah sie zwischen Ruth und Hagen hin und her. »Wollen Sie mir etwa was anhängen, um mich zum Reden zu bringen?«

»Sie lesen anscheinend zu viele Krimis, bei denen die Polizei nicht so gut wegkommt«, kommentierte Ruth trocken.

»Ich kenne die Methoden, mit denen ihr Kriminalisten arbeitet!«, behauptete Erika wütend. »Volker hat mir da so einiges erzählt, dass mir die Haare zu Berge stehen ließ. Jemanden Drogen unterzuschieben, um ihn gefügig und mitteilsam zu machen, ist …«

»Hatte Herr Arbenz da von der Polizei im Allgemeinen gesprochen oder eher von seiner eigenen Vorgehensweise berichtet?«, fragte Ruth kalt.

Erika zuckte verlegen mit den Schultern. »Er hat von sich selbst geredet.«

»Wir bedienen uns nicht dieser Methoden. Die zu verwenden hat unter anderem dazu geführt, dass Volker Arbenz vom Polizeidienst suspendiert wurde.«

»Das geschah hauptsächlich, weil er Schmiergelder angenommen hatte«, erwiderte Erika.

»Sie müssen sich ziemlich nahegestanden haben, wenn er Ihnen all das freiheraus erzählt hat«, schlussfolgerte Hagen.

78

Erika funkelte den Kommissar wütend an. »Dass Volker Kokain dealt, hat er mir allerdings verschwiegen. Und wenn er mich gebeten hätte, dieses Seelengift für ihn zu verhökern, hätte ich ihm gesagt, dass ich so etwas niemals tun würde!«

»Dennoch verwahren Sie etliche Gramm Kokain unter ihren Ladentisch«, gab Hagen unbeeindruckt zurück. »Sie sind diejenige, die ein falsches Spiel mit uns treibt und nicht umgekehrt!«

»Ich habe mit diesem Zeug nichts zu schaffen!« Erikas Stimme klang jetzt brüchig und weinerlich. »Jemand muss es heimlich dort deponiert haben.« In ihren Augen schwammen Tränen. »Und diese Nacktfotos von mir – die wurden auch heimlich von mir gemacht!«

»Wollen Sie andeuten, dass Volker Arbenz das Kokain ohne Ihr Wissen in Ihrer Bude deponiert hat?«, fragte Ruth neutral.

Erika fuchtelte ungestüm mit den Armen. »Genau danach sieht es doch aus!«, rief sie anklagend. »Erkennen Sie das denn nicht?«

»Wir haben Marihuana und Kokain in Ihrem Souvenirladen gefunden – dass ist es, was wir erkennen«, gab Hagen mit hartem Unterton zurück. Er ging in die Hocke und löste einen Beutel nach dem anderen von der Unterseite der Tischplatte. Fein säuberlich reihte er sie neben den Kühlschrankmagneten auf. Am Ende lagen dort zehn Beutel mit weißem Pulver.

Ruth, die jetzt dich vor der Auslage stand, furchte plötzlich die Stirn, zeigte mit dem Finger auf eines der Tütchen. »Was ist das?«, fragte sie.

Hagen hob den bezeichneten Beutel mit spitzen Fingern hoch, drehte ihn und betrachtete ihn ernst. Dunkle, rötliche Spritzer klebten darauf. »Das ist getrocknetes Blut, wenn Sie mich fragen«, sagte er und richtete den Blick auf Erika. »Wessen Blut das ist, und wie es auf den Beutel kam, können Sie uns vermutlich nicht verraten, oder?«, sagte er mit einem Anflug von Sarkasmus in der Stimme.

»Nee, kann ich nicht!«, giftete Erika. Demonstrativ hielt sie ihm die an den Ballen zusammengelegten Hände hin. »Nun verhaften Sie mich schon!«, forderte sie ihn auf. »Für Sie steht doch sowieso schon fest, dass ich eine Mörderin bin und hinter Gittern gehöre!«

»Hier wird heute niemand verhaftet«, beschied Ruth streng. »Die Drogen werden von uns konfisziert und ins Labor gebracht. Dann sehen wir weiter.«

Ein Hoffnungsschimmer blinkte in Erikas Augen auf. »Sie glauben mir also, dass ich Volker nicht umgebracht habe?«

Ruth verzog den Mund zu einem schmalen Lächeln. »So oder so: Sie hören von uns, Frau Smollner.«

Hagen räumte die sichergestellten Drogen in einen größeren Beweismittelbeutel und steckte ihn in seine Jacke. Dabei würdigte er Erika keines weiteren Blickes. Kommentarlos schob er sich an ihr vorbei und verließ die Bude.

Kurz darauf radelten die beiden Kriminalisten Richtung Ankerstraße davon. Erneut würde Alice nach Emden aufbrechen müssen, um Beweismittel in die kriminaltechnische Abteilung der Kripo zu transportieren.

*

»Sie waren vorhin ziemlich ruppig zu Frau Smollner«, sagte Ruth an. Sie saß neben Hagen auf dem Beifahrersitz des zivilen Einsatzwagens und musterte ihren Partner von der Seite aufmerksam. Da ein leichter Nieselregen eingesetzt hatte, hatten sie beschlossen, während ihres weiteren Vorgehens von den Fahrrädern auf das Auto umzusatteln.

Hagen zuckte mürrisch mit den Schultern und bog mit dem BMW in den Krabbenweg ein. »Ich hatte ihre Lügen satt«, sagte er.

»Verlieren Sie wegen der Sache mit Jürgen Horatz nicht Ihr Einfühlungsvermögen«, mahnte Ruth.

»Sache!« Hagen stieß einen unfrohen Laut aus. »Ich habe schlechte Arbeit geleistet, das ist Sache!«

»Sie werden schlechte Arbeit leisten, wenn Sie sich das weiterhin einreden«, entgegnete Ruth.

Hagen presste hart die Lippen aufeinander und schwieg.

»Ich weiß, es hat keinen Sinn, Ihnen zu versichern, dass Sie beim verlassenen Haus meiner Einschätzung nach das Bestmögliche aus der Situation gemacht haben. Dennoch müssen Sie Ihre Selbstkritik jetzt hintanstellen und in gewohnter Qualität Ihren Polizeidienst verrichten. Andernfalls sähe ich mich gezwungen, Sie zu beurlauben und zu einer Therapie zu verdonnern.«

Diese Ankündigung gab Hagen offenbar zu denken. Er nickte stumm. Plötzlich bremste er ab und scherte mit dem Wagen in eine Parkbucht.

»Was ist?«, fragte Ruth befremdet.

Hagen deutete über das Lenkrad hinweg nach vorn. »Dort ist Achim Daaren«, sagte er.

Jetzt sah Ruth den jungen Mann ebenfalls. Achim schob sein Motorrad umständlich die Straße hinunter. Dabei schaute er mehrmals verstohlen zu seinem Haus zurück, als wollte er sich vergewissern, dass er nicht gesehen wurde. Zusätzlich zu den Satteltaschen hatte er einen Hartschalenkoffer auf die Maschine montiert. Schließlich bog er in den Seezungenweg ab und entschwand den Blicken der Kriminalisten.

Hagen warf Ruth einen kurzen Blick zu. »Verfolgen wir ihn?«

Ruth nickte. »Er sah aus, als führte er etwas im Schilde.«

Zackig scherte Hagen aus der Parkbucht und ließ den BMW die Straße hinunterrollen. Dass er verfolgt wurde, sollte Achim nach Möglichkeit nicht mitbekommen; auf den schmalen Wegen dieses Wohngebiets kein leichtes Unterfangen.

Per Knopfdruck ließ Ruth das Seitenfenster hinunter und lauschte. Als sie die Abzweigung in den Seezungenweg erreichten, drang das Aufheulen eines Motors zu ihnen herüber.

»Er hat seine Maschine gestartet«, stellte Ruth fest. »Passen Sie auf, dass wir den Anschluss nicht verlieren!«

Das ließ Hagen sich nicht zweimal sagen. Er beschleunigte, und nachdem sie die Wegbiegung genommen hatten, sahen sie, wie Achim auf seinem Motorrad sportlich eine Kurve nahm.

»Er scheint es eilig zu haben.« Hagen gab noch ein wenig mehr Gas. »Umso seltsamer, dass er seine Maschine ein gutes Stück geschoben hat, anstatt sich gleich auf den Sattel zu schwingen.«

»Er wollte keinen verräterischen Lärm machen«, vermutete Ruth.

»Wahrscheinlich sollte Rahel nicht mitbekommen, dass er eine kleine Spritztour unternehmen möchte«, ergänzte Hagen.

Bedachtsam folgte er dem kurvenreichen Verlauf der Straße, wobei er darauf achtete, das Motorrad nicht aus den Augen zu verlieren.

Schließlich erreichte Achim die Hafenstraße und beschleunigte. Sein Fahrstil war ziemlich rücksichtslos, fast schon aggressiv. Dennoch ließ sich Hagen nicht dazu verleiten, es ihm gleichzutun. Er bewahrte einen kühlen Kopf, erhöhte das Tempo nur moderat und wahrte Abstand, um bei Achim kein Misstrauen zu schüren. Der scherte im nächsten Moment plötzlich in einen Feldweg ein, der über einen Entwässerungsgraben hinwegführte. Dahinter erstreckten sich,

81

so weit das Auge reichte, brachliegende Felder, die erst im Frühling wieder bewirtschaftet werden würden.

»Mist!«, fluchte Hagen, der sich gezwungen sah, langsam geradeaus zu fahren, denn wenn er ebenfalls in den verlassenen Feldweg abgebogen wäre, hätte Achim den ihn verfolgenden dunklen BMW unweigerlich bemerkt.

Ruth ließ das davonbrausende Motorrad nicht aus den Augen. Die Maschine verschwand hinter einer Ansammlung kahler Bäume, kam aber nicht mehr dahinter zum Vorschein. Die Hauptkommissarin wartete einen Moment, und als Achim sich auf dem Feldweg noch immer nicht blicken ließ, wies sie Hagen an, anzuhalten und zu wenden.

»Es passiert das Gleiche, was Erwin Fuchs beobachtet hatte«, sagte sie. »Die Motorräder seiner vermeintlichen Freunde verschwanden hinter einem verlassenen Haus und kamen nicht mehr hervor.«

»Sie meinen, Achims Ausflug hatte dieses Wäldchen zum Ziel?«, fragte Hagen, während er mit dem BMW ebenfalls in den Feldweg einschwenkte.

Ruth nickte und starrte angestrengt durch die Windschutzscheibe. Sie konnte nun den gesamten Verlauf des Feldweges einsehen, aber es war weit und breit kein Motorrad zu erspähen.

»Er muss zwischen den Bäumen abgetaucht sein«, mutmaßte Hagen. Um so wenig Geräusche wie möglich zu verursachen, ließ er den BMW mit gedrosseltem Motor über den Schotter rollen.

»Halten Sie an«, befahl Ruth, als sie nur noch fünfzig Meter von der Baumgruppe entfernt waren.

Hagen stoppte, schaltete den Motor aus und tat es Ruth gleich, die sich mit einer geschmeidigen Bewegung aus dem Wagen geschoben hatte. Als er sich aufrichtete, hielt er seine Dienstwaffe mit beiden Händen umklammert.

Ruth warf ihrem Partner einen finsteren Blick zu. »Stecken Sie das Ding weg!«, zischte sie.

Hagens Miene versteinerte. Es war ihm deutlich anzusehen, wie sehr er innerlich mit sich rang. Schließlich gehorchte er und schob die Pistole zurück in das Schulterhalfter.

Ruth nickte ihm zu, wie man einem trotzigen Kind zunickte, das sich widerstrebend dem Willen eines Erwachsenen gebeugt hatte. Sie bedeutete Hagen leise zu sein und setzte sich in Bewegung.

82

Die Baumgruppe war schnell erreicht. Sie bedeckte einen abschüssigen Hang, der zusätzlich mit flachem, kargem Gestrüpp bewachsen war. Achims Honda lehnte an einem Baum. Er selbst war eifrig damit beschäftigt, mit einem Klappspaten in der Erde zu buddeln. Er hatte dem Weg den Rücken zugekehrt und war so verbissen in seine Tätigkeit vertieft, dass er nicht bemerkte, dass er inzwischen nicht mehr allein war.

Ruth sagte mit laut vernehmlicher Stimme: »Benötigen Sie eventuell Hilfe, Herr Daaren?«

Der Angesprochene wirbelte mit einem Aufschrei herum, riss den Spaten hoch und schwang ihn wie ein Schwert über seinem Kopf. Im nächsten Moment erstarrte er und ließ den Spaten fallen. Mit dem Blatt voran bohrte sich das Werkzeug vor seinen Füßen in den Boden. Die Hände ließ er erhoben.

»Keine Bewegung«, hörte Ruth Hagen mit gepresster Stimme sagen.

Nichts Gutes ahnend, drehte sie sich zu ihm um. Hagen zielte mit seiner Dienstwaffe auf den jungen Mann. Sein Gesicht wirkte angestrengt und verzerrt.

»Ganz ruhig«, sprach sie leise auf ihren Partner ein und legte eine Hand auf den Lauf der HK P30. Bestimmend drückte sie die Waffe nieder.

Hagen sah sie eindringlich an. »Er hat uns bedroht!«

»Jetzt aber nicht mehr. Also stecken Sie die Waffe weg!«

Hagen nickte zerstreut. Es kam Ruth so vor, als würde er erst jetzt zu sich kommen. Ein alarmierendes Zeichen, wie sie fand. Sie wandte sich Achim zu und wies ihn an, zu ihnen heraufzukommen.

Der junge Mann war so geschockt, dass er die Hände oben behielt, während er die Böschung hinaufstapfte. Sein Gesicht war blass und er atmete schwer.

»Was tun Sie hier?«, fragte Ruth.

Achim sah sie mit geweiteten Augen an, sagte jedoch kein Wort.

»Sehen Sie nach«, forderte Ruth ihren Partner auf, froh, dass sie ihn beschäftigen und ablenken konnte.

Hagen zögerte. Die Vorstellung, seine Chefin mit Achim allein zu lassen, schien ihm nicht zu gefallen.

»Nun machen Sie schon. Er wird mir nichts tun!«

83

Hagen bedachte Achim mit einem warnenden Blick, woraufhin dieser eingeschüchtert einen Schritt zurückwich. Als hätte ihn dies zufriedengestellt, wandte sich Hagen ab, stieg die Böschung hinab und nahm die Stelle genauer in Augenschein, an der Achim gearbeitet hatte. »Hier ist ein Müllbeutel eingegraben!«, rief er. »Herr Daaren war offenbar gerade dabei, ihn auszubuddeln.«

Ruth sah Achim fragend an, der darauf fahrig mit den Schultern zuckte und die Arme langsam sinken ließ. »Ich ... ich weiß nichts davon«, stammelte er.

»Sehen Sie nach, was drin ist!«, rief Ruth ihrem Partner zu. Der hatte sich bereits Einmalhandschuhe übergestreift und ging jetzt vor der kleinen Kuhle in die Hocke. Mit den Händen schaufelte er Erdreich zu den Seiten weg. Dann zog er einen schwarzen Müllbeutel aus der Erde. Der Inhalt klapperte und scheppert vernehmlich, als Hagen den Sack neben sich absetzte. Er löste den Koten und weitete die Öffnung. Dann griff er hinein und als er die Hand hervorzog, hielt er einen goldenen, dreiarmigen Kerzenleuchter umfasst. »Es sind noch einige wertvoll aussehende Besteckkästen, Brieföffner und weitere Kerzenständer in dem Beutel.«

»Davon wusste ich nichts!«, stieß Achim kraftlos aus. »Ehrlich!«

Hagen legte den Kerzenleuchter zurück in den Sack, trat an das Motorrad heran und klappte den Hartschalenkoffer auf. Ein goldgerahmter, barocker Spiegel kam zum Vorschein. Davor lag eine aufwendig gearbeitete Schmuckschatulle.

»Ich ... kann mir das nicht erklären«, stammelte Achim.

Ruth hatte die Nase voll von dem Getue des jungen Mannes. »Ihre Hände«, befahl sie ihm.

Achim sah sie verständnislos an.

»Strecken Sie mir Ihre Hände entgegen. Ich werde Sie vorläufig in Gewahrsam nehmen!«

»Aber warum denn?«, fragte Achim dümmlich, gehorchte jedoch.

Ruth lächelte unterkühlt. »Verdacht auf mehrfachen Diebstahl in Zusammenhang mit Einbrüchen in Privathäuser.« Resolut ließ sie die Handschellen um Achims Handgelenke zuschnappen. »Hagen!«, rief sie ihrem Kollegen über die Schulter zu. »Holen Sie unseren Wagen. Wir werden das Diebesgut und diesen werten Herren mitnehmen!«

Hagen knotete den Sack zu und warf ihn sich über die Schulter. »Nehmen wir ihn mit auf die Wache oder fahren wir ihn nach Emden?«, fragte er, während er die Böschung hinaufkam.

»Weder noch«, erwiderte Ruth. »Zuerst werden wir zu Herrn Daarens Haus fahren und uns dort umsehen. Bei dieser Gelegenheit können wir Rahel ein paar Fragen stellen. Mich interessiert, welche Rolle sie bei dieser ganzen Geschichte spielt.« Sie deutete auf den Spiegel und die Schmuckschatulle, als sie dies sagte.

»Bitte!«, flehte Achim. »Halten Sie Rahel da raus. Sie weiß von nichts und …«

»Wenn Rahel wirklich nichts von alledem wusste, wird es Zeit, dass sie es erfährt!«, fuhr Ruth ihn an.

*

Rahel war in ihren mit rotem Mohnblumenmuster verzierten Morgenmantel gehüllt. Sie saß auf einem Küchenstuhl und hatte die Arme um den Oberkörper geschlungen. Ihr konnte unmöglich kalt sein, denn in der Küche herrschten angenehme Temperaturen und ihre Füße steckten in flauschigen Pantoffeln. Der Blick ihrer rotgeränderten Augen ruhte auf Achim, der ihr am Tisch gegenübersaß. Er stierte seine in Handschellen steckenden Hände ausdruckslos an, die er sich zwischen die Oberschenkel geklemmt hatte.

»Darum wolltest du vorhin also unbedingt, dass ich mich hinlege«, sagte Rahel verbittert. »Von wegen, ich soll mich ausruhen, weil der Mord an meinen Vater mich seelisch so sehr mitnimmt!« Ein verächtlicher Laut kam über ihre Lippen. »Du hast mich sogar gedrängt, Schlaftabletten einzunehmen. Und warum? Damit du dich unbemerkt davonstehlen kannst, um deinen … deinen …« Schluchzend brach sie ab und schlug die Hände vors Gesicht. »… deinen verbrecherischen Geschäften nachzugehen«, vervollständigte sie den Satz.

Achim presste verbittert die Lippen aufeinander, schwieg jedoch.

Dies machte Rahel nur noch wütender. Dass sich außer ihr und ihrem Freund auch Ruth Fasan und Hagen Reese in der Küche aufhielten, schien sie vollkommen ausgeblendet zu haben. Worüber sie allerdings nicht hinwegsehen konnte, war das im hereinfallenden Sonnenlicht glänzende Diebesgut, das Hagen auf der Anrichte ausgebreitet hatte. Mit beiden Fäusten schlug sie auf den Küchentisch. »Wie oft hast du mich in den vergangenen Monaten nachts mit einem Schlafmittel ruhiggestellt, damit du dich heimlich davonmachen konntest?«, verlangte sie zu wissen. »Ich weiß, dass du das getan hast, denn ich habe die leere Schachtel im Medizinschrank entdeckt!«

Achim, den der Schlag auf den Tisch aus seiner Lethargie gerissen zu haben schien, blickte endlich zu ihr auf. »Ich … ich habe es für uns getan«, brachte er rau hervor.

»Für uns?«, rief Rahel ungläubig. »Bist du denn jetzt vollkommen übergeschnappt?«

»Du … du wünschst dir Kinder«, sagte Achim. »Du willst mindestens drei. Wie oft hast du mir das gesagt.«

»Na und. Was hat das damit zu tun?«

»Ich wollte für unsere finanzielle Absicherung sorgen«, erklärte Achim. »Unserer Familie sollte es gut gehen. Sollten wir je in finanzielle Schwierigkeiten geraten, dann … dann …«

»Dann was?«, schrie Rahel ihn an.

Achim sah zum Diebesgut hinüber. »Hätte ich ein bisschen was von dem Zeug da verkauft und alles wäre gut gewesen.«

Rahel schüttelte ungläubig den Kopf. »Du bestiehlst Leute aus der Krummhörn, damit unsere Kinder in einer eventuellen Notlage abgesichert sind?«

Achim legte die Hände vor sich auf den Tisch, wobei die Handschellen ein metallenes Klappern verursachten. »Überleg doch mal«, sagte er eindringlich. »Wenn wir Kinder haben – davon profitieren die Leute in der Krummhörn ebenfalls. Unsere Kleinen schenken ihnen Freude und wenn sie einmal groß sind, ergreifen sie einen Beruf, der unsere Region voranbringt. Kinder sind eine Bereicherung für alle. Und da ist es nur recht und billig, wenn diejenigen, die genug haben, uns ein wenig von ihrem Besitz abgeben, damit es unseren Kindern an nichts fehlen muss, wenn es bei uns finanziell mal nicht so gut läuft.«

Vollkommen perplex lehnte sich Rahel auf ihrem Stuhl zurück. Ihr fehlten offenkundig die Worte.

Ruth fand es an der Zeit, sich in das Gespräch einzuschalten. »Wenn wir uns in Ihrem Haus umsehen, werden wir da noch weiteres Diebesgut finden?«, fragte sie an Achim gerichtet.

Dieser schüttelte niedergeschlagen den Kopf. »Alles, was sich vom letzten Beutezug noch im Haus befunden hat, wollte ich vorhin wegschaffen«, erläuterte er. Ungehalten wandte er den Kriminalisten das Gesicht zu. »Ich befürchtete, Sie würden bei mir demnächst mit einem Durchsuchungsbefehl aufkreuzen. Darum wollte ich den Rest der Beute schnell zu den anderen Kostbarkeiten bringen.« Er warf Rahel einen verstohlenen Blick zu. »Leider hat sich nicht früher eine Gelegenheit dazu ergeben.«

»Gibt es noch weitere Verstecke, an denen Sie Diebesgut horten?«, fragte Hagen.

Achim schüttelte den Kopf. »Sie haben mir alles weggenommen, was ich monatelang in mühevoller Arbeit eingesammelt habe.«

»Eingesammelt!«, echote Rahel mit ätzendem Unterton.

»Was hat Volker Arbenz mit diesen Einbrüchen zu tun?«, fragte Ruth.

Rahel richtete sich kerzengerade auf ihrem Stuhl auf. »Wie kommen Sie darauf, mein Vater könnte …«

»Seine Fingerabdrücke wurden auf einigen gestohlenen Silberbesteckteilen sichergestellt«, informierte Ruth die junge Frau.

Rahel starrte Achim durchdringend an. »Jetzt sag mir nicht, Volker hat mitgemacht, unsere zukünftige Familie finanziell abzusichern.« Das Wort »finanziell« betonte sie mit beißender Ironie in der Stimme.

Achim schnaufte verächtlich. »Der? Ganz im Gegenteil!«

»Wie meinst du das?«

Achim ballte die Fäuste, brachte jedoch keinen Ton hervor.

»Volker Arbenz hat spitzgekriegt, dass Sie nachts hin und wieder Diebestouren unternehmen«, vermutete Ruth. »Aber es kam ihm nicht in den Sinn, Sie in Ihren Ambitionen zu unterstützen. Stattdessen hatte er Sie erpresst, richtig?«

Achim knetete wütend seine Hände. »Volker war ein ehrloser Schuft!«

»Pass auf, was du sagst!«, schrie Rahel ihn an. In ihren Augen schwammen Tränen.

»Ich spreche die Wahrheit!«, begehrte Achim auf. »Volker … er wollte einen Anteil am Diebesgut. Sonst hätte er mich an die Polizei verpfiffen!«

»So etwas hätte er niemals getan. Du lügst!« Rahels Stimme wurde weinerlich.

87

»Genau so ist es aber gewesen.« Achim ließ die Schultern hängen. »Natürlich hat er mir seine Forderung nicht persönlich mitgeteilt – dafür war er zu feige. Stattdessen klemmte er nachts heimlich ein Foto hinter den Seitenspiegel meines Motorrads. Das entdeckte ich dann am nächsten Morgen. Auf der Fotografie war ich zu sehen, wie ich mich gerade in voller Einbrechermontur an dem Sprossenfenster eines Friesenhauses zu schaffen machte. Auf der Rückseite dieses Abzugs hatte Volker seine Forderung notiert und mit seinen Initialen unterschrieben.«

Angriffslustig beugte sich Rahel auf ihrem Stuhl vor. »Zeig!«, verlangte sie. »Dieses Foto will ich sehen!«

»Ich – habe es sofort verbrannt«, erwiderte Achim. »Ich bin ja nicht so blöd und bewahre ein mich belastendes Beweisstück auf!«

Rahel schüttelte den Kopf. »Ich glaube dir kein Wort!«

»Was haben Sie dann gemacht?«, fragte Ruth.

»Ich habe Volker gegeben, was er verlangt hatte: Geld und einen Anteil des Diebesguts.« Achim schüttelte den Kopf. »Volker tat natürlich unschuldig und gab vor, nicht zu wissen, warum ich ihm ein paar Hunderter und ein Bündel silbernes Essbesteck in die Hand drückte. Genommen hat er beides natürlich trotzdem und mich breit dabei angegrinst.«

»Dann war es also dieses Silberbesteck, das Sie in Herrn Arbenz' Wohnmobil gesucht hatten«, resümierte Ruth.

Achim nickte. »Aber ich habe es nicht gefunden.« Er sah zu Hagen hinüber. »Dann tauchte es plötzlich in den Satteltaschen meines Motorrads auf.« Er hob die gefesselten Hände. »Bevor Sie mich fragen, wie es da hineingekommen ist: Ich weiß es nicht!«

»Das Gleiche behaupten Sie von der Mordwaffe«, gab Hagen gelangweilt zurück. »Sie wissen nicht, wie sie in die Satteltasche Ihres Motorrads geraten ist.«

»Mordwaffe?«, rief Achim geschockt. »Dieses Fischmesser – damit ist Volker also umgebracht worden?«

Ruth nickte bestätigend.

Rahel stand schwankend auf. Ihre Lippen waren blutleer. »Die Mordwaffe lag in deiner Satteltasche?« Mit brennendem Blick starrte sie ihren Freund an. »Du hast ihn ermordet?«

»Nein habe ich nicht!« Achim sprang auf.

»Sie hätten durchaus ein Motiv für diese Tat gehabt«, sagte Hagen und packte Achim hart bei den Schultern.

»Ich war in der Mordnacht zu Hause!«, schrie Achim ihn an. »Ich lag neben Rahel im Bett und habe geschlafen. Sie kann es bezeugen!«

Ein abweisender, verbitterter Ausdruck machte sich auf dem Gesicht seiner Freundin breit. »Ich habe tief und fest geschlafen«, sagte sie kalt. »Womöglich, weil du mir mal wieder heimlich ein Schlafmittel verabreicht hattest. Ich hätte nichts davon mitbekommen, wenn du mitten in der Nacht aufgestanden wärst, um dich zum Wohnmobilstellpatz zu schleichen und meinen Vater mit einem Fischmesser zu erstechen!«

Als wäre ihm plötzlich sämtliche Kraft aus den Gliedern gewichen, ließ Achim sich schwer auf seinen Stuhl fallen. »Das kann doch alles nicht wahr sein!«, keuchte er. »Ich habe niemanden ermordet – das müssen Sie mir glauben!«

»Wir nehmen Sie vorläufig mit auf die Wache«, entschied Ruth. »Auf der Tatwaffe wurden keinerlei Fingerabdrücke gefunden. Dennoch belastet Sie es schwer, dass das Messer bei Ihnen gefunden wurde – zusammen mit dem Diebesgut aus mehreren Einbrüchen in der Krummhörn.«

Hagen fasste Achim am Oberarm und zog ihn vom Stuhl hoch.

Ruth wandte sich an Rahel. »Wir statten Ihnen später noch mal einen Besuch ab, um den Hausdurchsuchungsbefehl zu vollstrecken.«

Rahel nickte gefasst, warf ihrem Freund dann aber einen vernichtenden Blick zu. »Und den da können Sie meinetwegen für immer wegsperren. Ich will nichts mehr mit ihm zu tun haben!«

Kapitel 6

Felix warf ein Holzscheit ins Kaminfeuer und rieb sich wohlig die Hände. Funken stoben aus den Flammen, tanzten in der aufsteigenden Hitze und verschwanden im Rauchabzug. Das Feuer knackte, knisterte und pfiff; zuckendes, warmes Licht geisterte durch das geräumige Wohnzimmer in Ruths strohgedecktem Deichhaus.

Felix kehrte zum Sofa zurück und setzte sich neben die Hauptkommissarin. Ruth drehte sich ihm zu, streckte die Beine aus und legte sie auf Felix' Oberschenkel. Der umfasste ihre Füße mit seinen warmen Händen und begann sie sanft zu massieren.

»Hm«, machte Ruth und drapierte die Wolldecke, die sie sich um die Schultern gelegt hatte, enger um ihren Körper. Dabei verzog sie leicht das Gesicht, denn die Wunde am rechten Oberarm rief sich mit einem brennenden Schmerz in Erinnerung.

Felix war diese Reaktion nicht entgangen. Er furchte die Stirn. »Du hättest dir ein paar Tage eine Auszeit gönnen sollen«, merkte er mit leichtem Vorwurf in der Stimme an. »Die Verletzung wird schlecht verheilen, wenn du dich überanstrengst.«

»Ich überanstrenge mich nicht«, wehrte Ruth ab. »Ich erledige bloß meinen Job. Und der lässt es momentan nicht zu, dass ich ein paar Tage blaumache.« Sie bewegte die Zehen, um Felix zu bedeuten, dass er mit der Fußmassage fortfahren sollte.

Der Kapitän der Wasserschutzpolizei umfasste ihre Fersen und ließ die Hand sanft kreisen. »Du bist nicht weniger unvernünftig als Hagen«, urteilte er. »Ihr beide braucht dringend eine Rekonvaleszenzzeit.«

Ruth zuckte mit den Schultern. »Hagen besucht mit Dünya heute Abend die Vorstellung der beiden Comedians Artus und Fred Teichner«, sagte sie in einem Tonfall, der andeuten sollte, dass diese Unternehmung ihrer Meinung nach in die Rubrik Rekonvaleszenzzeit fallen dürfte.

Felix lächelte. »Da wird er ordentlich was zu lachen haben. Vielleicht hilft ihm das wirklich.«

»Und mir hilft es, mit dir zusammen vor dem Kaminfeuer zu sitzen«, sagte Ruth.

90

»Damit du morgen wieder einigermaßen einsatzfähig bist«, merkte Felix trocken an. Plötzlich furchte er die Stirn, griff nach Ruths Wolldecke und zog sie von ihrer verwundeten Schulter. »Blut«, konstatierte er.

Ruth sah auf ihren Oberarm und verzog verärgert den Mundwinkel, als sie den blutigen Streifen bemerkte, der ihre Bluse verunzierte. Sie ließ die Kleidung über die Schulter gleiten und legte den auf den Streifschuss geklebten Verband frei. Auch dort zeichnete sich ein rötlicher, länglicher Fleck ab. »Halb so wild«, sagte sie mit unverhohlenem Ärger in der Stimme.

»Das muss frisch gemacht werden«, bestimmte Felix und stand auf, um den Erste-Hilfe-Koffer zu holen. »Das war heute alles zu viel für dich«, sagte er streng, als er sich erneut neben Ruth setzte. Routiniert machte er sich an ihrem Verband zu schaffen.

»Es geht nicht anders«, sagte Ruth bestimmend. »Dieser Mordfall – wenn wir nicht am Ball bleiben, werden wir den Täter womöglich nie fassen.«

»Ich verstehe dich ja.« Felix entfernte die verunreinigte Mullbinde. »Du solltest aber auch an dich denken.«

»Diese Narbe wird schon noch verheilen«, gab Ruth sich gleichmütig. Sie sah Felix von der Seite an. »Stört sie dich etwa?«

Der Kapitän der Wasserschutzpolizei grinste. »Sie macht dich nur noch reizvoller«, versicherte er. »So wie die anderen Narben auch, die du dir während des Polizeidienstes in Hamburg zugezogen hast.«

Ruth wurde plötzlich nachdenklich. »Hamburg«, murmelte sie und sog dann scharf Luft durch die Zähne, weil Felix die Wunde mit einem Alkoholtupfer desinfizierte. »Ich hätte niemals erwartet, dass es hier in Greetsiel ähnlich zugehen könnte wie in der Hansestadt.«

Felix legte einen neuen Verband auf. »Überall, wo Menschen sind, geschehen Verbrechen.«

»Irgendwie erinnert mich der aktuelle Mordfall an ein ähnlich gelagertes Verbrechen, das ich in Hamburg vor etlichen Jahren mal aufzuklären hatte«, sinnierte Ruth. Sie zuckte kurz zusammen, während Felix einen Klebestreifen über den Verband legte.

»Willst du mir davon erzählen?«, fragte Felix.

Die Hauptkommissarin furchte sinnierend die Stirn. »Damals ging es ebenfalls um einen korrupten Polizisten, der ermordet wurde«, erinnerte sie sich. Sie fuhr sich mit den Fingern durchs Haar. »Es gab zwei dringend Tatverdächtige. Die stammten beide aus dem Klein-

91

kriminellenmilieu und hatten mit dem Beamten auf die eine oder andere Weise zu tun gehabt.« Sie gab einen missvergnügten Laut von sich. »Ich erinnere mich noch … obwohl es damals zu einer Verurteilung kam, war ich dennoch unzufrieden. Meines Erachtens waren nicht alle Zweifel über die Täterschaft des vor Gericht Stehenden ausgeräumt worden. Ebenso gut hätte auch der zweite Verdächtige als Täter überführt werden können. Die Indizien überwogen schließlich zuungunsten des anderen.«

»Fertig«, sagte Felix und zog die Bluse über Ruths Schulter.

Ruth nickte ihm dankend zu. Ihre Gedanken konnten aber noch nicht von der Erinnerung ablassen, auf dessen Fährte Felix sie geführt hatte. »Im Fall von Volker Arbenz ist es ähnlich«, sinnierte sie. »Ein korrupter, suspendierter Polizist wird ermordet, und es gibt zwei Verdächtige aus seinem näheren Umfeld, die beide in kriminelle Machenschaften verwickelt sind. Die eine, Erika Smollner, verkauft Drogen, und der andere, Achim Daaren, verübt Einbrüche und stiehlt Wertgegenstände.«

»Du solltest morgen in der Praxis von Frau Doktor Siemsen vorbeischauen«, riet Felix. »Sie soll sich die Naht einmal genauer ansehen. Kann sein, dass die Streifschussverletzung noch einen zusätzlich Nahtstich benötigt.«

Ruth nickte beiläufig. »Achim wurde von Volker Arbenz erpresst, und Erika ist aus irgendeinem Grund stinkwütend auf ihn gewesen«, spann sie ihre Gedanken weiter aus. »Erika hatte eine Affäre mit Volker und bekam von ihm wahrscheinlich auch die Drogen, die sie an ihrem Souvenirstand heimlich vertickte. Irgendetwas muss zwischen ihnen vorgefallen sein, das Erika womöglich dazu getrieben haben könnte, Volker zu ermorden. Vielleicht waren die Fotos, die er heimlich aufgenommen hatte, der Grund. Sie könnte entgegen ihrer Behauptung sehr wohl davon gewusst haben – vielleicht, weil er sie damit erpresst hatte.«

»Hast du gehört, was ich gerade gesagt habe?«, fragte Felix und klappte den Erste-Hilfe-Koffer zu.

Ruth blinzelte indigniert. »Klar hab ich das. Ich werde der Greetsieler Hausärztin morgen meine Aufwartung machen.« Sie legte den Kopf schief. »Und du. Hast du mir zugehört?«

Felix lächelte und nickte dabei. »Du bist dir nicht sicher, welche der verdächtigen Personen den Mord an Volker Arbenz nun begangen hat. Und du fürchtest, dass dieser Fall am Ende genauso

92

unbefriedigend enden könnte, wie dieser Mordfall in Hamburg, an den dich die aktuellen Vorkommnisse in Greetsiel erinnern.«

Ruth bedachte Felix mit einem milden Lächeln. »Und – was sagst du dazu?«

»Erika könnte die Tatwaffe heimlich in Achims Satteltasche gesteckt haben. Oder Achim war einfach nur zu schusselig und durcheinander, um das Fischmesser nach dem Mord rechtzeitig verschwinden zu lassen. Darum habt ihr das Messer in der Motorradsatteltasche gefunden.«

Ruth strich mit dem Zeigefinger über ihren Nasenrücken. »Hagen und ich haben die Wohnstätten unserer Verdächtigen durchsucht, jedoch nichts Belastendes dabei gefunden«, überlegte sie laut. »Es ist vielleicht ein Fehler, mich auf diese zwei Personen als eventuelle Täter zu versteifen.«

»Wer außer Achim und Erika würden denn noch als potenzieller Mörder infrage kommen?«, erkundigte sich Felix.

Ruth starrte grübelnd in die Flammen des Kaminfeuers. »Die Ganoven, die Hagen und ich in dem verlassenen Haus aufgestöbert haben, könnten es gewesen sein. Dies schien mir auf den ersten Blick zwar nicht sehr wahrscheinlich, aber vielleicht liegt Hagen mit seinem Verdacht richtig und sie sind irgendwie in den Mord an Volker Arbenz verstrickt.«

Behutsam legte Felix einen Arm um Ruths Nacken und ließ seine Hand lässig vor ihrer Brust baumeln. »Ihr werdet es schon noch herausfinden, wer Volker Arbenz auf dem Gewissen hat«, zeigte er sich zuversichtlich. »Es fehlen euch nur noch ein paar Beweise und Indizien. Und die werden sich schon noch einfinden.«

Ruth schmiegte sich an seine Seite. »Es klingt so einfach, wenn du das sagst. Aber das ist es in den wenigsten Fällen.«

*

Als Ruth am nächsten Morgen die Polizeistation betrat, empfing Alice sie mit einem »Moin«, das in ein herzhaftes Gähnen überging. Die Streifenpolizistin, die hinter dem Empfangstresen in ihrem Bürosessel saß, reckte beide Arme über den Kopf und bog das Kreuz durch. Wegen Achim Daaren, der in der Arrestzelle einsaß, hatte sie die Nacht in der Wache verbringen müssen. Auf dem Dachboden des sanierten Friesenhauses war für diese Zwecke ein Bereitschaftsraum eingerichtet worden. Doch anscheinend hatte Alice kaum ein Auge zugetan.

»Hat Herr Daaren Sie etwa auf Trab gehalten?«, erkundigte sich Ruth mitfühlend.

Alice stemmte sich ächzend aus ihrem Sessel und schnappte sich ihre Handtasche. »Achim hat sich ruhig verhalten«, sagte sie. »Es ist der Neumond, der mir zu schaffen macht.«

»Der Neumond?«, wunderte sich Ruth.

Alice nickte. »Die meisten haben Schlafstörungen, wenn Vollmond ist. Bei mir ist es genau umgekehrt. Wenn die Nächte am dunkelsten sind, weil kein Mond am Himmel scheint, bin ich innerlich so aufgewühlt, dass ich nur schwer einschlafen kann und bei jeder kleinsten Störung sofort wieder aufwache. Die mondlose Dunkelheit mach mich wohl irgendwie nervös.«

»Jetzt scheint die Sonne, der Ursprung des Mondlichts«, erwiderte Ruth frohgemut. »Der Mondschein ist ja nur ein schwacher Widerschein des Sonnenlichts. Sie sollten jetzt also hervorragend schlafen können, wenn Sie sich hinlegen. Und das sollten Sie unbedingt tun, sobald Sie zu Hause angekommen sind.«

»Und Sie dürfen nicht vergessen, Frau Doktor Siemsen heute Ihre Aufwartung zu machen«, erwiderte Alice. »Felix hat mich vorhin angerufen und mich gebeten, Sie an den fälligen Besuch bei unserer Hausärztin zu erinnern.« Sie lächelte entwaffnend. »Und weil ich Sie kenne und weiß, dass Sie sich nicht gut um sich selbst kümmern können, habe ich Ihnen in der Praxis bereits einen Termin besorgt.« Sie schob Ruth einen Notizzettel über den Tresen zu.

Ruth verzog säuerlich das Gesicht und schnappte sich die Notiz. »Danke.«

»Achim hat sein Frühstück bereits bekommen«, fuhr Alice im Plauderton fort. »Das dreckige Geschirr müsste nachher nur noch aus der Zelle geholt und in die Teeküche gebracht werden.« Sie verabschiedete sich mit einem müden Winken und verließ die Wache.

Ruth sperrte hinter der Streifenpolizistin ab, denn wenn der Empfangsbereich unbesetzt war, blieb auch die Wache geschlossen. Für Notfälle gab es draußen eine Klingel und Telefonanrufe wurden ins Büro der Kommissare umgeleitet.

Der Telefonapparat auf Ruths Schreibtisch fing auch prompt zu läuten an, als sie ihren Arbeitsbereich betrat. Darauf gefasst, einen Bürger an der Strippe zu haben, der Anzeige erstatten wollte oder sich über die Regelwidrigkeit eines Mitmenschen beschweren wollte, ließ Ruth sich in ihren Bürosessel fallen und nahm das Gespräch entgegen.

»Polizeiwache Greetsiel, Hauptkommissarin Ruth Fasan am Apparat. Was kann ich für Sie tun?«, fragte sie mit resoluter Höflichkeit.

»Max Engel hier«, meldete sich der Chef der Spurensicherung am anderen Ende der Verbindung. »Ich habe Ihnen etwas Wichtiges mitzuteilen.«

»Das wäre …« Ruth lehnte sich vorsichtig in ihren Sessel zurück, darauf bedacht, ihren verwundeten Arm dabei nicht zu belasten.

»Die Blutspritzer auf einem der Kokstütchen, die Alice gestern in die KTU gebracht hat, stammen eindeutig von Volker Arbenz. Es ist uns sogar gelungen, zu bestimmen, wann dieses Blut auf den Beutel gespritzt sein muss.« Max legte eine kurze Pause ein, um dem Nachfolgenden mehr Gewicht zu verleihen. »Es muss zum Zeitpunkt des Mordes an Herrn Arbenz geschehen sein.«

»Das ist ja allerhand«, entfuhr es Ruth.

»Die Blutrückstände, die an dem abgebrochenen Schubladengriff in dem Wohnmobil sichergestellt wurden, stammen übrigens nicht vom Mordopfer«, berichtete Max von einer anderen kriminaltechnischen Untersuchung seiner Abteilung. »Wir haben das Blut genauestens untersucht und die DNS extrahiert. Bisher gibt es allerdings keine Zuweisung. Von wem dieses Blut stammt, wissen wir nicht. In der Datenbank der Polizei gibt es keinen Treffer, und von Jürgen Horatz stammt es ebenfalls nicht. Was wir aber ziemlich sicher wissen, ist, dass es ebenfalls zum Zeitpunkt des Mordes vergossen wurde.«

Ruth setzte sich kerzengerade in ihrem Sessel auf. »Das ist ja wunderbar!«, rief sie im selben Moment aus, als Hagen das Büro betrat. »Ich werde mir sofort Speichelproben von unseren Tatverdächtigen besorgen und Ihnen zukommen lassen. Ein DNS-Abgleich wird uns dann Aufschluss darüber geben, wer von ihnen sich zur Tatzeit im Wohnmobil aufgehalten hat!«

95

»Es freut mich jedes Mal, wenn die Arbeit der KTU zur Aufklärung eines Mordes beitragen konnte«, gab Max in aufgeräumter Stimmung zurück. »Das versüßt uns allen den Alltag ungemein!«

»Hoffen wir das Beste«, erwiderte Ruth.

»Meine Leute sind sich sicher, dass Jürgen Horatz und sein Komplize etwa drei Wochen in dem leer stehenden Gebäude gehaust haben müssen«, wechselte Max das Thema.

»Über einen so langen Zeitraum?«, wunderte sich Ruth.

»Darauf deuten die Lebensmittelverpackungen hin, die in den Müllsäcken im Keller gefunden wurden«, bestätigte Max.

»Das ist wirklich ziemlich seltsam«, murmelte Ruth.

»Nicht weniger seltsam ist, dass wir ansonsten keine vollständigen Fingerabdrücke der beiden Männer haben finden können«, ergänzte Max. »Die müssen peinlichst genau darauf geachtet haben, keine zu hinterlassen. Wer Jürgen Horatz Komplize ist, bleibt also vorerst im Unklaren.«

Ruth zog die Augenbrauen zusammen. »Wir wissen, dass Jürgen und Bernd stets behandschuht aufgetreten sind. Wahrscheinlich haben sie die Handschuhe auch in ihrem Versteck nicht abgelegt.«

»Das würde einiges erklären. Der Inhalt der Müllbeutel wird noch untersucht. Bisher wurde in dem Abfall nichts gefunden, was sich kriminaltechnisch verwerten ließe.«

Ruth seufzte. »Haben Sie sonst noch was für uns?«

»Das wars fürs Erste«, erwiderte der Chef der Spurensicherung, wobei er recht zufrieden klang. »Ich lasse es Sie wissen, sobald uns neue Erkenntnisse vorliegen.«

Ruth verabschiedete sich höflich von dem Mann und legte auf.

Hagen stand vor Ruths Schreibtisch und warf ihr einen fragenden Blick zu. »Erzählen Sie«, forderte er wissbegierig.

Ruth schilderte ihm ausführlich, was sie am Telefon soeben erfahren hatte.

Hagen rieb sich überwältigt den Nacken. »Diese Informationen bringen uns ein gutes Stück voran«, freute er sich.

Ruth musterte ihren Partner prüfend. Hagen machte einen aufgeräumten Eindruck und schien entspannt. »Wie war die Vorstellung gestern Abend?«, erkundigte sie sich.

Ein Grinsen machte sich auf Hagens Gesicht breit. »Artus und Fred Teichner haben es faustdick hinter den Ohren«, sagte er beeindruckt. »Ich weiß nicht, wann ich mich das letzte Mal so gut amüsiert habe

96

wie während ihrer Show.« Er nickte wie zur Selbstbestätigung. »Es hat unheimlich gutgetan, über ihre Späße zu lachen. Es kam mir vor, als könnte ich meine ganze Anspannung, die sich seit gestern in mir aufgestaut hatte, einfach aus mir herauslachen. Diese Comedians sind einfach großartig!«

Ruth spürte, wie eine Last von ihrem Herzen wich. Den jungen Kommissar so vergnügt und unbeschwert zu erleben, war eine Wohltat.

»Wann schreiten wir zur Tat?«, fragte er unternehmungslustig und rieb sich die Hände. »Als Erstes, meine ich, sollten wir uns Speichelproben von Herrn Daaren und Frau Smollner besorgen!«

Ruth wiegte abwägend den Kopf. »Ich fürchte, auf Sie wartet heute eine unliebsame Aufgabe.«

Hagen brauchte nicht lange, um zu begreifen, worauf seine Chefin hinauswollte. Er nickte, wobei er plötzlich ein wenig düsterer wirkte. »Protokolle schreiben«, unkte er.

»Das ist unerlässlich«, sagte Ruth eindringlich. »Erst recht nach dem Schusswechsel gestern. Das Geschehen muss minutiös dokumentiert werden.« Ruth verschränkte die Arme und sah Hagen eindringlich an. »Auch das gehört zur Bewältigung der Vorkommnisse.«

»Es bleibt mir wohl nichts anderes übrig.« Hagen ging zu seinem Schreibtisch, setzte sich und startete den PC. »Dann werden Sie das mit den Speichelproben übernehmen?«, fragte er.

Ruth nickte und stand auf. »Zuerst besorge ich mir eine von Achim. Bei der Gelegenheit räume ich auch gleich sein Frühstücksgeschirr fort. Anschließend statte ich Erika Smollner einen Besuch ab und bitte sie um einen Abstrich der Mundschleimhaut.« Sie wedelte mit dem Notizzettel, den Alice ihr gegeben hatte. »Zu guter Letzt muss ich bei Frau Doktor Siemsen vorbeischauen. Sie soll einen Blick auf meine Schussverletzung werfen.«

Hagen presste die Lippen aufeinander. »Es tut mir leid …«, setzte er an. Doch Ruth ließ ihn nicht zu Wort kommen.

»Es hätte noch viel schlimmer enden können – was Sie verhindert haben. Vergessen Sie das nie!«

Der Kommissar nickte angestrengt. »Ich werde versuchen, es mir zu merken.« Mit einem Mausklick öffnete er das Erste von den zahlreichen Dokumenten, die er in den kommenden Stunden nun zu bearbeiten hatte.

97

Ruth sah ihrem Partner noch eine Weile zu, dann verabschiedete sie sich und verließ das Büro. Sie hoffte inständig, dass Hagens gute Laune während der erneuten Auseinandersetzung mit dem gestrigen Geschehen nicht gänzlich flöten ging. Aber sie war zuversichtlich, denn Hagen machte auf sie insgesamt einen gefestigten Eindruck. Und dies war nicht zuletzt dem Comedian-Duo und Dünya Hennings zu verdanken.

*

Die zwei Röhrchen mit den Speichelproben von Achim Daaren und Erika Smollner klapperten in Ruths Manteltasche, als sie Dr. Siemsens Arztpraxis betrat. Weder Achim noch Erika hatten Einwände gegen die Speichelentnahme erhoben, sodass es sich für Ruth erübrigt hatte, ihnen die richterliche Verfügung unter die Nase zu halten, die Staatsanwalt Lindau ihr per Fax hatte zukommen lassen. Die Kooperationsbereitschaft der beiden hatte Ruth nachdenklich gestimmt. Sie sah sich in ihrem Beschluss bestärkt, sich nicht zu sehr auf Achim und Erika als Täter zu versteifen. Stattdessen wollte sie Jürgen Horatz und seinen Komplizen genauer unter die Lupe nehmen. Von Erwin Fuchs lag ihnen eine Personenbeschreibung des noch immer flüchtigen Mannes vor. Aber die hatte bisher auch noch zu nichts geführt ...

»Was kann ich bitte für Sie tun?« Die blonde Sprechstundenhilfe sprach laut und vernehmlich, als glaubte sie, eine schwerhörige oder verwirrte Person vor sich zu haben. Ruth befürchtete, dass die Frau sie bereits mehrmals angesprochen, von ihr jedoch keine Reaktion erhalten hatte. Sie verbannte ihre Gedanken in einen stillen Winkel ihres Gehirns und wandte sich der Sprechstundenhilfe zu. »Ruth Fasan ist mein Name«, stellte sie sich vor. »Ich habe einen Termin bei der Frau Doktor.«

»Oh, Sie sind die Hauptkommissarin von Greetsiel?« Die Frau musterte Ruth interessiert von oben bis unten. »Doktor Siemsen hat mir schon viel von Ihnen erzählt. Sie liebt Krimis, wie Sie sicherlich wissen.« Die Sprechstundenhilfe stockte kurz. »Haben Sie wirklich eine Schussverletzung davongetragen?«

»Was ist nun mit meinem Termin?«, fragte Ruth unleidig.

»Sie müssen sich noch ein wenig gedulden. Es ist gerade ein Patient im Sprechzimmer.« Die Frau beugte sich vor und setzte eine verschwörerische Miene auf. »Es ist Artus Teichner, einer dieser Stand-up-Comedians.« Selbstgefällig lehnte sie sich zurück. »Es verkehrt in unserer Praxis heute ordentlich Prominenz. Das kommt auch nicht alle Tage vor.«

In diesem Moment schwang die Sprechzimmertür auf. Artus Teichner trat hinaus, den Blick über die Schulter nach hinten gerichtet. »Das werde ich beherzigen, Frau Doktor«, sagte er. Dann bedachte er Ruth und die Sprechstundenhilfe mit einem Kopfnicken und zog seinen Mantel vom Garderobenhaken.

»Morgen sollten die Ergebnisse vorliegen!«, rief Dr. Siemsen dem Mann hinterher. Die korpulente Hausärztin füllte fast die gesamte Türöffnung ihres Sprechzimmers aus. Sie trug ein weites braunes Kleid, dessen Farbton um wenige Nuancen heller war als ihr Haar. In ihre blauen Augen trat ein freudiger Ausdruck, als sie Ruth erspähte. »Kommen Sie rein«, rief sie und winkte aufgeregt.

Ruth kam der Aufforderung nur zu gerne nach.

»Dann zeigen Sie mal«, sagte Alberta in aufgeräumter Stimmung und schob für Ruth einen Stuhl zurecht. »Eine Schussverletzung bekomme ich nicht allzu oft zu sehen. Ich hoffe, sie bereitet Ihnen nicht allzu viele Schmerzen.«

»Es hält sich in Grenzen.« Ruth streifte ihren Mantel ab und sah sich nach einem Ablageplatz um. Weil sie in Gedanken versunken gewesen war, hatte sie vergessen, das Kleidungsstück in die Garderobe zu hängen.

»Geben Sie her.« Alberta nahm Ruth das Kleidungsstück ab und legte ihn auf ein Sideboard, auf dem etliche Utensilien ausgebreitet waren. Sie stellte sich dabei ein wenig ungeschickt an, und so kullerten die Röhrchen mit den Speichelproben aus der Tasche. Die Behälter rollten über die Platte zwischen die Pipetten und Nierenschalen. Hastig sammelte die Ärztin die Proben ein und tat sie zurück in die Manteltasche. »Wahrscheinlich hat es keinen Sinn, Sie nach Einzelheiten über diesen Schusswechsel zu fragen«, sagte sie währenddessen.

Ruth hatte den verwundeten Arm freigemacht und setzte sich auf den Behandlungsstuhl. »Es ist nur meinem Partner zu verdanken, dass ich mit einem Streifschuss davongekommen bin«, sagte sie. »Es hätte weitaus schlimmer für mich ausgehen können.«

»Hagen ist ein Prachtkerl«, schwärmte Alberta. »Er und Dünya geben ein so schönes Paar ab.« Sie besah sich die Verletzung und verzog leicht das Gesicht. »Da ist aber jemand sehr sparsam mit dem Nahtmaterial umgegangen«, kritisierte sie.

»Der Notarzt hatte sich auch noch um Hagen zu kümmern«, nahm Ruth den Mann in Schutz.

Alberta nickte verstehend und verpasste dem Wundbereich eine örtliche Betäubung. »Denken Sie, Herr Reese wird darüber hinwegkommen, dass er einen Menschen getötet hat?«, fragte sie.

»Das hoffe ich.«

»Schicken Sie ihn zu mir, wenn es mit der Stressbewältigung bei ihm mal hakt.«

Ruth bedachte die Hausärztin mit einem schiefen Lächeln. »Sie wollen meinem Partner doch nur kriminalistische Details aus der Nase ziehen«, scherzte sie.

Alberta griente, während sie mit Nadel und Faden an Ruth Arm herumdockorte. »Wenn er mir unbedingt von seiner Arbeit erzählen möchte, werde ich ihn natürlich nicht davon abhalten.« Sie sah die Hauptkommissarin direkt an. »Aber im Ernst. Ich habe während meines Medizinstudiums einige Kurse in Gesprächspsychologie belegt. Hagen wäre bei mir in guten Händen.«

»Ich werde ihm Ihren Vorschlag unterbreiten«, versprach Ruth.

»So!«, sagte Alberta und drückte behutsam einen frischen Klebestreifen auf den neu angelegten Verband. »Fertig. Die Wunde sollte jetzt nicht noch einmal zu bluten anfangen. Belasten Sie den Arm trotzdem nicht zu sehr.«

»Werde ich nicht.« Ruth stand auf und sortierte ihre Kleidung. Dann ließ sie sich von Alberta in den Mantel helfen.

»Haben Sie schon einen Verdacht, wer diesen Mann in seinem Wohnmobil ermordet haben könnte?«, fragte die Ärztin derweil.

Ruth bedachte Alberta mit einem zurückhaltenden Lächeln. »Sie werden es früh genug erfahren, wenn wir den Täter überführt haben.«

Alberta seufzte. »Das Schöne an Kriminalromanen ist, dass ich mitraten kann, wer der Bösewicht ist.«

»Diesen Zeitvertreib kann ich Ihnen leider nicht bieten.« Ruth schüttelte der Frau zum Abschied mit festem Druck die Hand und bedankte sich für die Hilfe.

»Vergessen Sie nicht, Hagen von meinem Angebot zu berichten!«, rief Alberta ihr hinterher, als sie aus dem Sprechzimmer trat.

100

»Werde ich nicht«, versicherte Ruth aufs Neue. Sie winkte der Sprechstundenhilfe lax zu und eilte aus der Praxis.

*

»Ich bringe die Probenbehälter mit dem zivilen Einsatzwagen jetzt nach Emden!«, rief Ruth ihrem Partner von der Bürotür aus zu. »Alice ist ja nicht verfügbar, und Sie sind mit Wichtigerem beschäftigt. Also werde ich das übernehmen.«

Hagen nickte beiläufig. »Okay«, sagte er nur.

Ruth stutzte. Sie hatte erwartet, dass Hagen den anstehenden Polizeibericht mit mürrischer Verbissenheit angehen würde. Aber sein Gesicht wirkte gelöst, fast schon heiter. Die Art und Weise, wie er den Bildschirm betrachtete, entsprach überhaupt nicht ihren Erwartungen. Nicht der leiseste Hauch von Widerwillen oder Schmerz zeichnete sich in seiner Miene ab. Er las aufmerksam und schien nicht einmal mitzubekommen, dass Ruth zögernd in der Tür stehen geblieben war.

Neugierig geworden schlenderte sie zu ihrem Partner hinüber, und als sie über seine Schulter hinweg einen Blick auf den Bildschirm warf, wurde sie gewahr, dass er gar nicht mit der Dokumentation des gestrigen Vorfalls beschäftigt war, sondern einen Internetbrowser geöffnet hatte.

»Was machen Sie da?«, fragte sie, darum bemühte, ihre Stimme nicht allzu vorwurfsvoll klingen zu lassen. Hagen sollte schließlich nicht den Eindruck gewinnen, dass sie ihn bei der Arbeit kontrollierte.

Der Kommissar drehte sich halb zu ihr um. »Ach«, sagte er gelöst. »Die Show der Comedian-Brüder lässt mich einfach nicht los.« Kichernd wandte er sich dem Bildschirm zu. »Artus erzählte, er hätte auf dem Greetsieler Friedhof einen älteren Herrn beobachtet, wie er voller Inbrunst eine Dose Würmer über einem Grab ausschüttete.« Hagen gluckste amüsiert. »Eine Frau, die ein anderes Grab gerade mit frischen Blumen versorgte, hörte Artus daraufhin flüstern, dass die verstorbene Gattin dieses Mannes sich über Rosen wohl mehr gefreut hätte.«

Ruth hob reserviert eine Augenbraue. »Ein ziemlich morbider Witz. Glauben Sie, dass diese Begebenheit wirklich stattgefunden hat?«

101

Hagen zuckte mit den Schultern. »Diese Anekdote zählt gewiss zum Repertoire der Brüder; sie wandeln sie nur entsprechend der Örtlichkeit ihres Auftritts ab. Aber das ist gar nicht der springende Punkt. Ich fand die Vorstellung zum Brüllen komisch, dass ein Mensch Würmer auf das Grab einer ihm nahestehenden Person streut, damit die den Leichnam schneller in Erde umwandeln.«

Ruth nickte verstehend. »Und ihn dadurch schneller dem Vergessen anheimgeben«, ergänzte sie.

Hagen horchte auf und seufzte dann. »Ja – darum hat mir diese Anekdote wohl so gut gefallen«, gestand er. »Weil ich möchte, dass ich den Tod von Jürgen Horatz genauso schnell verarbeiten und vergessen werde.«

Ruth legte Hagen eine Hand auf die Schulter. »Frau Doktor Siemsen bietet Ihnen an, mit ihr über den gestrigen Vorfall zu sprechen«, sagte sie. »Ein Gespräch mit einer dafür ausgebildeten Person könnte eine ähnliche Wirkung ausüben wie Würmer auf einem Grab.«

Hagen schüttelte ihre Hand mit einem gereizten Schulterzucken ab. »Ich werde es mir überlegen.« Er deutete auf den Bildschirm. »Und um Ihre anfängliche Frage zu beantworten: Die Teichner-Brüder haben mich begeistert. In meinen Augen sind sie großartige Künstler. Im Internet suche ich daher jetzt nach Informationen über sie.«

»Und – sind Sie fündig geworden?« Ruth wollte das nicht wirklich wissen. Da es Hagen aber wichtig zu sein schien, fragte sie der Höflichkeit halber nach.

Hagen nickte eifrig. »Artus und Fred sind in vielerlei Hinsicht bemerkenswert. Ihr Zusammenhalt hat etwas Rührendes an sich. Dabei sind sie in Wahrheit nur Halbbrüder. Das haben sie während ihrer Show auf humorvolle Weise durchblicken lassen. Artus und Fred haben unterschiedliche Väter. Von denen ist allerdings nichts bekannt, außer, dass sie eines verbindet: Sie waren Freier von Gertrud Teichner, der Mutter der beiden Comedians.«

Ruth war verblüfft. »Die Frau war also Prostituierte? Das wusste ich nicht. Während der Vorstellung, die ich besuchte, wurde mir von Alice der Fund von Volker Arbenz Leiche gemeldet. Darum musste ich die Veranstaltung frühzeitig verlassen.«

»Da haben Sie echt was verpasst!«

»Was finden Sie am Zusammenhalt dieser ungleichen Brüder denn nun so bemerkenswert?«, hakte Ruth nach.

102

Hagen deutete auf den Bildschirm. »In einem Fan-Forum über die Teichner-Brüder wird davon berichtet. So überließ Fred seinem Bruder zum Beispiel die Zweizimmereigentumswohnung in Hamburg, die sie beide von der Mutter geerbt hatten, und in der die drei lange zusammengelebt hatten.«

»Gertrud Teichner ist nicht mehr am Leben?«

Hagen schüttelte den Kopf. »Das ist eine tragische Geschichte. Sie starb, als Fred, der jüngere der Brüder, sechzehn war. Offenbar gab es auf dem Hamburger Kiez eine wüste Schießerei. Gertrud kam im Kugelhagel ums Leben.«

»Oha. Das ist heftig!«

»Die Brüder hat dieser Schicksalsschlag auf besondere Weise zusammengeschweißt«, erzählte Hagen. »Artus war bereits volljährig und übernahm das Sorgerecht für seinen Bruder.«

»Und zum Dank überließ Fred seinem älteren Bruder später dann die Hamburger Wohnung?«

Hagen hob eine Schulter. »Gut möglich, dass dies der Grund für seinen Verzicht war. Fred fiel im folgenden Jahr dann die gesamte Summe eines Förderpreises zu, der den Brüdern zugesprochen worden war. Ein Jahr darauf trat Fred überraschend als Autor und Urheber eines Buches zurück, das eigentlich beide Brüder geschrieben hatten.«

»Das ist in der Tat bemerkenswert.« Ruth zog die Augenbrauen zusammen. »Zumal mir der Anlass dieser Aktionen jetzt nicht ganz klar ist.«

»Das meinte ich, als ich vorhin von rührendem Zusammenhalt sprach«, erwiderte Hagen. »Neid und Missgunst scheinen sie nicht zu kennen.«

»Vom brüderlichen Teilen in zwei gleiche Hälften scheinen sie allerdings auch nicht viel zu halten«, wandte Ruth ein. »Haben sie darüber in ihrer Show auch ihre Witze gemacht?«

Hagen schüttelte den Kopf. »Einen Sketch muss ich Ihnen noch erzählen. Er kam am Ende der Show, also werden Sie ihn nicht kennen.«

Ruth hob abwehrend die Hände. »Ich muss jetzt wirklich los«, beeilte sie sich zu sagen, »Je schneller diese Proben ins Labor kommen, desto eher liegen uns die Ergebnisse vor.« Noch einmal legte sie Hagen eine Hand auf die Schulter. »Und Sie sollten sich langsam mit Ihrem Bericht befassen.«

»Das werde ich.« Verdrossen scrollte Hagen mit der Maus die angezeigte Fan-Seite hinunter. Als eine Liste mit sämtlichen Auftritten des Comedian-Duos erschien, hielt er inne und beugte sich interessiert vor.

Mit einem Seufzer gab sich Ruth geschlagen. Hagen musste selbst entscheiden, was er tat. Dass er sich nicht davor drücken konnte, diesen Polizeibericht zu verfassen, würde er früher oder später so oder so einsehen.

Kapitel 7

Nachdem Ruth mit dem BMW mehrere Kilometer zurückgelegt hatte, stieß sie auf eine Straßensperre der Polizei. Die Beamten stoppten sie und setzten dann eine höfliche Miene auf, als Ruth ihnen ihren Dienstausweis präsentierte. Die Fahndung nach dem flüchtigen Komplizen von Jürgen Horatz wurde auch heute noch fortgesetzt. Man hatte die Streifenpolizisten mit einer Phantomzeichnung ausgestattet, die nach Erwin Fuchs Beschreibungen angefertigt worden war. Wie Ruth von einem der Uniformierten erfuhr, fehlte von dem Mann und seinem Motorrad aber nach wie vor jede Spur.

Ruth setzte die Fahrt fort und erreichte eine halbe Stunde später den Parkplatz des Kommissariats in Emden. Nachdem sie die Röhrchen der KTU übergeben hatte, ließ sie sich von Dr. Fixlmillner zum Mittagessen einladen. Sie plauderten ungezwungen, wobei es sich der Gerichtsmediziner nicht nehmen ließ, von einigen unappetitlichen Vorkommnissen auf seinem Seziertisch zu erzählen. Ruth, die einen stabilen Magen hatte, konterte mit Schilderungen abschreckender Szenen aus ihrem Alltag bei der Hamburger Kripo. Anschließend machte sie sich auf den Heimweg. Erneut fuhr sie an der Straßensperre vorbei, winkte den Beamten durchs runtergelassene Fenster grüßend zu. Kurz darauf bemerkte sie vor sich eine Bewegung auf der Fahrbahn. Sie verlangsamte die Fahrt und sah einen Fuchs über die Straße humpeln. Das Tier schien verletzt zu sein und flüchtete jetzt panisch vor dem langsam heranrollenden BMW in einen von kahlen Bäumen gesäumten Feldweg.

Ohne lange zu überlegen, ließ Ruth den Wagen in der Zufahrt ausrollen und stoppte. Der Fuchs stolperte unterdessen eine Böschung hinab und verschwand zwischen dem hohen Gras, das in dem Graben wuchs.

Ruth stieg aus. Dabei bemerkte sie eine einzelne dunkle Bremsspur auf dem Asphalt. Sie ging zu der Stelle hinüber, wo der Fuchs abgetaucht war. Dem verwundeten Tier musste, wenn möglich, geholfen werden. Außerdem stellte der Fuchs in seinem angeschlagenen Zustand ein Verkehrsrisiko dar, wenn er sich in der Nähe der Straße herumtrieb.

Aufmerksam ließ Ruth den Blick über den Graben schweifen – und stutzte, als sie ein mit Laub notdürftig zugedecktes Motorrad im Graben liegen sah.

»Eine Kawasaki«, erkannte sie und stieg ein Stück die Böschung hinab. Sie bog ein paar welke Brennnesseln zur Seite und legte das Nummernschild frei, um zu kontrollieren, ob das Kennzeichen mit dem identisch war, das sie von der flüchtenden Maschine abgelesen hatte. »Tatsächlich – das ist das Motorrad des Gesuchten«, murmelte sie. Nun bemerkte sie auch den Fuchs wieder. Nur wenige Schritte entfernt kauerte das Tier geduckt im Graben und stierte sie mit angelegten Ohren an.

»Gleich kommt jemand, der dir hilft«, sprach sie ruhig, während sie ihr Smartphone aus der Hosentasche zog. Sie wählte die Nummer des Einsatzleiters der Straßensperren und schilderte dem Mann, was sie entdeckt hatte.

*

Es war später Nachmittag und dunkel geworden, als Ruth ins Büro zurückkehrte. Hagen sah über seinen Bildschirm hinweg zu ihr herüber. Gesicht und Augenränder waren gerötet, sein Haar wirkte zerrauft.

»Sie sehen aus, als würden Sie dringend eine Pause benötigen«, kommentierte Ruth das desaströse Aussehen ihres Partners.

Hagen winkte ab. »Die hatte ich zur Genüge.« Er stieß sich mit seinem rollbaren Bürosessel vom Schreibtisch ab. »Lange werde ich für die Dokumentation nicht mehr brauchen«, versicherte er.

»Ich habe das Motorrad des Flüchtigen entdeckt«, ging Ruth nahtlos dazu über, von ihrem Erlebnis zu erzählen. Ausführlich schilderte sie, wie zuerst der verletzte Fuchs eingefangen und anschließend das Motorrad geborgen wurde. »Um den Fuchs kümmert sich jetzt ein Tierarzt. Und die Maschine wird in der KTU untersucht.«

»Dieser Fuchs ... ist er von dem Motorrad angefahren worden?«, fragte Hagen.

Ruth nickte. »Dafür gibt es einige Anzeichen.« Sie schüttelte missbilligend den Kopf. »Wie es aussieht, hat unser Unbekannter das Motorrad anschließend in den Graben geworfen, um sich der Maschine zu entledigen. Ob dies vor oder nach Errichtung der

106

Straßensperre geschehen ist, darüber lässt sich allerdings nur spekulieren.«

»Er könnte also zu Fuß über die Felder das Weite gesucht haben«, überlegte Hagen laut.

»Es wäre auch denkbar, dass er sich noch immer in der Krummhörn aufhält«, gab Ruth zurück.

Hagen furchte die Stirn. »Warum sollte er das tun, wenn er die Gelegenheit gehabt hatte, sich querfeldein aus dem Staub zu machen?«

Ruth verschränkte die Arme vor der Brust. »Wir müssen unbedingt herausfinden, was Jürgen Horatz und sein Komplize in Greetsiel zu suchen gehabt haben. Dann können wir wahrscheinlich auch besser rekapitulieren, wie unser Flüchtiger nach dem Wildunfall gehandelt hat.« Ruth holte ihr Handy hervor und wedelte damit herum. »Max hat mir versprochen, sofort anzurufen, wenn Fingerabdrücke auf der Maschine entdeckt wurden.«

»Rechnen Sie lieber nicht damit«, sagte Hagen unleidig. »Die gibt es auf dem Motorrad womöglich genauso wenig wie im Unterschlupf dieser beiden Männer.«

»Der Unfall könnte den Mann konfus gemacht haben«, wandte Ruth ein. »Vielleicht ist er für einen Moment unachtsam gewesen und hat seine Handschuhe abgestreift.«

Ihr Smartphone klingelte, woraufhin ihr ein erschreckter Laut entschlüpfte. Rasch nahm sie den Anruf entgegen. Aufmerksam hörte sie zu. Ihre Miene hellte sich auf. Dann nickte sie und bedankte sich bei ihrem Gesprächspartner überschwänglich.

»Das war Max Engel«, erklärte sie und ließ das Handy in der Hosentasche verschwinden. Sie bedachte Hagen mit einem triumphierenden Lächeln und trat dann an ihren Schreibtisch. »Es wurden Fragmente von Fingerabdrücken auf der Kawasaki sichergestellt. Die wurden von der KTU durch Fragmente ergänzt, die auf der Kondompackung gefunden worden waren. Und es gab sogar einen Treffer in der polizeilichen Datenbank.«

Hagen rollte mit seinem Sessel an Ruths Seite. Ungeduldig beobachtete er, wie sie eine Suchmaske aufrief und etwas in die Tastatur eingab. »Bernd Fluda«, las er den Namen ab, den sie in das Feld eingefügt hatte.

Ruth drückte die Entertaste. »So heißt unser Mann«, bestätigte sie.

Eine Polizeiakte erschien auf dem Bildschirm. Das Foto hatte frappierende Ähnlichkeit mit der Phantomzeichnung, die mit Erwin Fuchs' Hilfe angefertigt worden war. Der Mann hatte dunkle Augen und kurz geschorenes, hellbraunes Haar. Die Nase war an der Spitze knollig und die Brauen ausgeprägt buschig.

Ruth überflog die Liste der Straftaten, die Bernd Fluda zur Last gelegt wurden. »Bemerkenswert«, sagte sie gedehnt. »Er ist wegen derselben Delikte aktenkundig geworden wie Jürgen Horatz.«

Hagen nickte konzentriert. »Körperverletzung, Stalking, Einbruch«, zählte er auf. »Und er wohnt in Hamburg – ebenso wie sein Komplize.«

»Diese beiden Männer sind Routiniers, wie wir zuvor bereits vermutet hatten«, überlegte Ruth laut. »Die Art und Weise wie sie sich in dem leer stehenden Haus eingenistet haben, zeugt von einem planvollen Vorgehen. Und dass sie peinlich genau darauf geachtet haben, keine Fingerabdrücke zu hinterlassen, kann nur bedeuten, dass sie auf keinen Fall identifiziert werden wollten.«

Hagens Miene verfinsterte sich. »Was haben die bloß in Greetsiel zu schaffen gehabt?« Er rieb sich das Kinn. »Vielleicht hatten sie mit Volker Arbenz eine Rechnung offen und haben ihn ausgeschaltet?«

Ruth wiegte abwägend den Kopf. »Wenn dem so gewesen wäre, hätten sie nach Erledigung dieser Angelegenheit die Krummhörn verlassen. Stattdessen sind sie noch mehrere Tage geblieben und haben sich sogar beim Wohnmobilstellplatz herumgetrieben.« Sie schüttelte den Kopf. »Das deutet eher darauf hin, dass sie nicht wussten, dass Volker Arbenz tot in seinem Camper lag.«

»Oder sie waren so abgebrüht, dass sie das kaltgelassen hat.« Hagen ballte die Fäuste. »Jürgen Horatz hat nicht gezögert, das Feuer auf Sie zu eröffnen. Das sind hart gesottene Burschen, die vor nichts zurückschrecken und keine Skrupel kennen!«

Ruth legte Hagen eine Hand auf den Unterarm. »Nach allem, was wir bisher über diese Verbrecher wissen, erscheint es mir noch weniger wahrscheinlich, dass Bernd Fluda nach dem Wildunfall das Weite gesucht hat.«

»Sie meinen, er hatte gar nicht vorgehabt, sich abzusetzen, nachdem es zu dem Schusswechsel gekommen ist?«

»Wir sollten besser davon ausgehen.« Ruth sah ihren Partner überlegend an. »Womöglich ist diese Sache, wegen der die Männer hierhergekommen sind, noch nicht abgeschlossen.«

Hagen presste die Zähne aufeinander. »Dann ist also Gefahr im Verzuge!«

Ruth zog ihre Hand zurück und wandte sich ihrem Computer zu. »Wir müssen mehr über dieses Duo herausfinden.« Sie aktivierte die Videotelefonie ihres PCs. »Ich rufe meinen ehemaligen Kollegen aus Hamburg, Jens Stadensen, an«, erläuterte sie und gab eine Rufnummer ein.

»Ist der nicht für Cyber-Kriminalität zuständig?«, fragte Hagen, der Jens während Ruths Umzug in das strohgedeckte Deichhaus kennengelernt hatte.

»Darüber hinaus unterhält er gute Kontakte zu Spitzeln in der Hamburger Unterwelt«, erläuterte Ruth.

Es dauerte nicht lange, da hellte sich der Bildausschnitt auf und das rundliche Gesicht eines sympathisch erscheinenden Mannes mit ausgedünntem blondem Haar und graublauen Augen war zu sehen. Er saß in einem Büro, wie der nüchterne Hintergrund mit den Aktenregalen verriet.

»Ruth!«, drang eine geschmeidige Stimme aus dem PC-Lautsprecher. »Du hast ja lange nichts mehr von dir hören lassen.«

»Diesen Vorwurf kann ich dir ungeschönt zurückgeben«, erwiderte Ruth und lächelte versöhnlich. »Seit du mir beim Umzug geholfen hast, bist du von der Bildfläche verschwunden.«

Jens kratzte sich verlegen am Kopf. »Es gab eine Menge zu tun. Du weißt ja, wie das ist.«

Ruth zuckte mit den Schultern. »Aus den Augen aus dem Sinn«, sagte sie trocken.

»Wir sollten mal wieder was zusammen unternehmen«, schlug Jens vor. »Deine Tochter ist mir in Hamburg ein paarmal über den Weg gelaufen. Ihr scheint es prächtig zu gehen.«

»Ja, das tut es«, bestätigte Ruth und spielte nervös mit der PC-Maus. Clarissa hatte sie zuletzt zu Weihnachten besucht; sie hatten ein paar harmonische, stimmungsvolle Tage verbracht. Aber Ruth wollte jetzt nicht über ihre Tochter reden. »Hör mal. In Greetsiel sind zwei Kriminelle aus Hamburg aufgetaucht, über die ich unbedingt mehr erfahren muss.«

Jens setzte ein geschäftsmäßiges Lächeln auf. »Eine Gemeinsamkeit werden wir wohl immer teilen: unsere Arbeit.« Er nickte bedächtig. »Und darüber bin ich froh, andernfalls würden wir uns ganz aus den Augen verlieren.« Er setzte sich in seinem Bürosessel zurecht. »Um wen handelt es sich?«

»Jürgen Horatz und Bernd Fluda. Laut Polizeiakte handelt es sich um rüpelhafte Zeitgenossen mit schlechtem Benehmen. Aber ich denke, die haben mehr auf dem Kerbholz. Ist dir von deinen Kontaktpersonen über die womöglich etwas zugetragen worden?«

Jens machte sich an einer Tastatur zu schaffen und richtete den Blick dann auf einen benachbarten Bildschirm. »Ich habe ein internes Archiv angelegt«, erläuterte er, während sich seine Augen lesend hin und her bewegten. »Darin notiere ich alles, was uns von unseren Spitzeln so zugetragen wird.« Er grinste. »Deren Gesprächigkeit ist mitunter ziemlich ausgeprägt, wenn sie befürchten, selbst ins Fadenkreuz polizeilicher Ermittlungen zu geraten. Sie lästern dann über alle möglichen Gangster, in der Hoffnung, dass das von ihnen ablenkt.« Er nickte zufrieden. »Und hier haben wir auch schon was: Jürgen Horatz und Bernd Fluda. Alles außer Mord lautet deren Devise. Sie agieren seit einigen Jahren zusammen. Es wird gemunkelt, dass sie ein Paar wären.«

»Alles außer Mord?«, sagte Ruth nachdenklich. »Sie handeln also im Auftrag anderer?«

»Man wendet sich an sie, wenn man einen Coup plant«, bestätigte Jens. »Sie kundschaften die Lage aus, sammeln Informationen, manipulieren. Im Grunde sind sie wie Privatdetektive, die für die Gegenseite arbeiten. Für sie gehört es allerdings zum Alltag, Gesetze zu brechen, wenn sie ihre Aufträge abarbeiten.«

Hagen erzählte Jens von der Schießerei. »Wie passt das mit deren Devise zusammen?«, wollte er dann wissen.

Jens machte ein nachdenkliches Gesicht. »Die beiden fühlten sich wahrscheinlich in die Enge getrieben. Sie würden ihren Ruf verlieren, wenn sie die Aufmerksamkeit der Polizei über Gebühr auf sich ziehen. In einen Mordfall verwickelt zu werden, hätte für ihre Karriere das Ende bedeutet.«

»Was glaubst du, wird Bernd Fluda jetzt tun?«, fragte Ruth.

Jens wiegte abwägend den Kopf. »Wenn dieses Duo wegen eines Auftrags nach Greetsiel gekommen sind – wofür vieles spricht – wird Herr Fluda trotz der für ihn schwierigen Lage höchstwahrscheinlich versuchen, den Auftrag zu Ende zu führen.« Er starrte den Bildschirm eindringlich an. »Ihr solltet vorsichtig sein. Dieser Kerl ist gefährlich. Jetzt, wo sein Partner tot ist, sogar noch mehr als zuvor.«

»Ist dir bekannt, ob zwischen diesen beiden Männern und einem suspendierten Polizisten namens Volker Arbenz eine Verbindung besteht oder bestanden hat?«, hakte Ruth nach.

Jens hob eine Augenbraue. »Volker Arbenz? Über den wurde im Präsidium viel gesprochen. War es nicht der Hamburger Unternehmer Rudolf Reider, der ihn hatte auffliegen lassen?«

»Wer ist Rudolf Reider?«, fragte Hagen abrupt.

»Ein Großhändler, dessen Warenverkehr hauptsächlich über den Hamburger Hafen abläuft«, antwortete Jens. »In einer Teppichlieferung aus Algerien, die für ihn bestimmt gewesen war, wurde vom Zoll Opium sichergestellt. Volker Arbenz bot Herrn Reider an zu helfen, die Sache zu vertuschen, wenn er ihn entsprechend entlohnte. Rudolf Reider zeichnete das Gespräch heimlich auf und wandte sich damit dann an die Polizei. Das war der Anfang vom Ende der Karriere von Volker Arbenz. Wie sich später herausstellte, hatte Herr Reider nichts mit diesem Drogentransfer zu tun. Eine algerische Bande hatte seine Teppichlieferung lediglich für ihre Zwecke missbraucht.«

»Gibt es denn nun eine Verbindung zwischen Volker Arbenz und den beiden Verbrechern Jürgen Horatz und Bernd Fluda?«, wiederholte Ruth ihre Frage.

Jens betrachtete den benachbarten Bildschirm, bewegte suchend die Augen, zuckte dann aber mit den Schultern. »Darüber liegen keine Informationen vor. Das muss allerdings nichts heißen.«

Hagen starrte nachdenklich vor sich hin und schwieg. Ruth nutzte die Gelegenheit, noch ein paar nette Worte mit ihrem ehemaligen Freund und Kollegen zu wechseln und verabschiedete sich dann.

»Jetzt wissen wir über dieses Kriminellenduo also Bescheid.« Hagen rieb sich unbehaglich den Nacken. »Die Frage ist nur, in wessen Auftrag sie in Greetsiel tätig geworden sind.«

»Und was sie hier hatten ausspionieren wollen«, ergänzte Ruth. »Wir dürfen nicht vergessen, dass sie schon seit etwa drei Wochen vor Ort sind.«

»Womöglich ist in Greetsiel ein größerer Coup geplant«, mutmaßte Hagen.

111

Ruth schaute sinnierend durch das Sprossenfenster in die Dunkelheit. Straßenlaternen und beleuchtete Fenster ließen den eiskalten Abend heimelig und anmutig erscheinen. »Ich frage mich, ob Jürgen und Bernd überhaupt etwas mit dem Mord an Volker Arbenz zu tun haben«, sagte sie gedankenversunken. Sie wandte sich Hagen zu. »Haben Sie Achim Daaren noch einmal in die Mangel genommen?«

Hagen zuckte mit den Schultern. »Habe ich. Ist aber nichts Neues bei rausgekommen.«

Ruth furchte unzufrieden die Stirn. »Eine verfahrene Situation.«

Hagen nickte bestätigend. »Da wird uns auch ein Navi nicht raushelfen.«

Ruth sah ihren Partner befremdet an.

»Das war ein Scherz«, erläuterte Hagen.

Ruth hob skeptisch eine Augenbraue, worauf Hagen schicksalsergeben abwinkte. »Sie sind ein hoffnungsloser Fall«, konstatierte er und rollte mit seinem Bürosessel zurück an seinen Schreibtisch.

Ruth lachte glucksend, als wäre ihr ein besonders ausgeklügelter Streich gelungen, was Hagen ein Kopfschütteln abnötigte. Anschließend beschäftigten sich die beiden eine Weile schweigend mit ihren Formularen und Einsatzberichten. Als Alice Bergmann eintraf, um ihre Nachtwache anzutreten, beschloss Ruth, dass für Hagen und sie die Zeit gekommen war, Feierabend zu machen.

Eine halbe Stunde später trat sie ihren Heimweg an. Sie hatte ein mulmiges Gefühl im Magen. Zu wissen, dass sich Bedrohliches über Greetsiel zusammenbrauen könnte, machte sie unruhig und nervös.

Kapitel 8

Hagen beackerte fleißig seine Computertastatur, als Ruth am nächsten Morgen im Büro erschien. Das trockene Klacken und Klicken der Tasten schien einem komplizierten Rhythmus zu folgen. Kurz sah Hagen zu seiner Chefin auf. Er wirkte ausgesprochen vergnügt und unternehmungslustig. »Alice habe ich bereits nach Hause geschickt,« rief er. »Und Herr Daaten nimmt gerade sein Frühstück ein.«

Ruth hängte ihren Mantel auf und trat an ihren Schreibtisch. Eine aufgeschlagene Tageszeitung lag drauf. »Was hat es damit auf sich?«, fragte sie und hob einen Zipfel des Blattes an.

Hagen beendete die Eingabe am Computer mit einem schwungvollen Fingertipp auf die Entertaste, stand auf und begab sich an Ruths Seite. »Gestern, als Ihr Kollege den Namen Rudolf Reider erwähnte, meinte ich, ihn irgendwo schon einmal gelesen zu haben«, erläuterte er. »Darum auch meine Nachfrage, auf die Herr Stadensen dann ja auch ausführlich eingegangen ist.«

Er legte den Zeigefinger auf eine Fotografie, die das obere Drittel der aufgeschlagenen Seite einnahm. Darauf waren Artus und Fred Teichner zu sehen. Zwischen ihnen stand eine äußerst attraktiv aussehende Frau mit langen schwarzen Haaren und fein geschnittenem Gesicht. Beide Männer hatten einen Arm um sie gelegt und lächelten breit in die Kamera. Im Hintergrund waren einige Segelboote auszumachen. Die Aufnahme war offenbar im Greetsieler Yachthafen entstanden.

»Das ist Caroline Reider.« Hagen tippte mit dem Zeigefinger energisch auf die Brust der Abgelichteten. »Sie ist die Tochter von Rudolf Reider.«

»Aha«, sagte Ruth.

»Die Zeitung ist von gestern«, fuhr Hagen fort. »Der Artikel berichtet von Caroline Reiders Ankunft im Yachthafen. Sie besitzt ein sportliches Motorboot mit großzügig ausgestatteter Kabine. Damit ist sie vor zwei Tagen in den Greetsieler Hafen eingelaufen.«

»Ein Geschenk ihres Vaters«, vermutete Ruth.

Hagen schüttelte den Kopf. »Caroline betreibt eine Modelagentur. Sie hat genug Geld, um sich ihre Träume selbst zu erfüllen.«

»Sie sind erstaunlich gut informiert«, wunderte sich Ruth.

»Das steht alles in diesem Artikel«, erwiderte Hagen. Er verschränkte die Arme. »Ist das nicht merkwürdig? Die Tochter des Mannes, der Volker Arbenz Amtsenthebung in die Wege geleitet hat, taucht in Greetsiel auf, mehrere Tage, nachdem der Suspendierte ermordet in seinem Wohnmobil aufgefunden wurde.«

»Und sie scheint mit unseren Comedians eng befreundet zu sein«, fügte Ruth hinzu.

»Ja – das auch noch!«

»Und was schließen Sie daraus?«

Hagen zuckte ratlos mit den Schultern. »Ich weiß nicht. Irgendetwas kommt mir seltsam daran vor.«

Ruth wiegte abwägend den Kopf. »Vielleicht ist das alles bloß Zufall.«

»Womöglich. Caroline ist eine umtriebige Person und Greetsiel ein beliebtes Ausflugsziel. Und dennoch ...« Hagen sah Ruth eindringlich an. »Denken Sie an den Coup, der uns womöglich ins Haus steht!«

»Ich werde mir den Artikel nachher aufmerksam durchlesen«, versprach Ruth. »Jetzt sollten wir uns aber erst mal unserer Arbeit widmen.« Ruth tat es leid, ihren Partner ausbremsen zu müssen. Sie hatte jedoch den Eindruck, dass diese Zeitungsmeldung für ihren Fall nicht relevant war.

Hagen wirkte ein wenig enttäuscht, als er jetzt an seinen Schreibtisch zurückkehrte. »Meine Berichte habe ich jetzt alle abgeschlossen«, sagte er, während er sich setzte. »Ich muss sie nur noch abschicken.«

»Tun Sie das.« Ruth war begierig darauf zu erfahren, ob Nachrichten aus der KTU für sie eingegangen waren, und schaltete ihren Computer ein. Ihr Herzschlag beschleunigte sich, als auf dem Bildschirm die Meldung erschien, dass Frank Fixlmillner ihr heute früh eine E-Mail geschickt hatte. Sie öffnete die Mail – und furchte die Stirn. »Rufen Sie mich baldmöglichst an«, las sie den Text murmelnd vom Bildschirm ab.

»Ihr Freund Jens Stadensen schreibt das?«, fragte Hagen, der die Ohren gespitzt hatte.

»Nein. Frank Fixlmillner, unser Gerichtsmediziner«, erwiderte Ruth. Sie winkte Hagen zu sich. »Ich möchte Sie dabeihaben, wenn ich gleich mit ihm telefoniere.«

Sie drückte eine Kurzwahltaste und schaltete den Lautsprecher hinzu. Hagen kam herbeigeschlendert. Mit enervierender Gleichförmigkeit tönte das Rufzeichen durch das stille Büro.

Ruth wollte das Telefon schon zurück auf die Station legen, als Dr. Fixlmillner das Gespräch endlich entgegennahm. Er klang ein bisschen kurzatmig, als er sich meldete.

»Ruth Fasan hier«, sagte die Hauptkommissarin ungeduldig. »Hagen Reese ist bei mir. Sie wollten mich dringend sprechen, Frank. Was gibt es denn?«

»Es geht um die Proben, die Sie gestern vorbeigebracht haben«, antwortete Fixlmillner.

Hagen rieb sich freudig die Hände. »Gleich wissen wir, ob Achim oder Erika in der Mordnacht in Volker Arbenz Wohnmobil gewesen ist.«

»Zuerst einmal fand ich es ein wenig außergewöhnlich, dass es sich um eine Speichelprobe und eine Blutprobe handelte«, sagte Fixlmillner.

»Wie bitte?«, entfuhr es Ruth. »Es hätten aber zwei Speichelproben sein müssen. Die Behälter waren jeweils mit den Initialen der Probanden gekennzeichnet.«

»Nur auf einem Röhrchen standen Buchstaben geschrieben«, erwiderte Fixlmillner. »Auf dem anderen, das Blut enthielt, war ein Code vermerkt.«

»Verdammt!« Ruth war soeben eingefallen, was mit den Proberöhrchen in Alberta Siemsens Sprechzimmer geschehen war. Sie waren aus der Manteltasche auf das Sideboard gekullert und zwischen die Utensilien gerollt, die darauf lagen. Sie warf Hagen einen gehetzten Blick zu. »Unsere Hausärztin muss mir ein falsches Röhrchen zugesteckt haben.«

Hagen hob verdattert die Hände. »Ich habe keine Ahnung, wovon Sie da reden.«

Unwirsch schüttelte Ruth den Kopf. »Ein Röhrchen ist vertauscht worden«, informierte sie Frank. »Das geschah in der Praxis von Frau Doktor Siemsen.«

»Das sollte nicht passieren«, sagte Fixlmillner streng. »Nun ist das Kind in den Brunnen gefallen. Die Sache kann nicht mehr rückgängig gemacht werden.«

»Wie meinen Sie das?«, fragte Ruth beunruhigt.

115

»Die Analyse der von Ihnen eingereichten Proben habe ich abgeschlossen. Sowohl aus dem Speichel als auch aus dem Blut habe ich DNS extrahiert. Die Blutmenge war mehr als ausreichend, sodass sogar ein wenig davon übrig geblieben ist.«

Ruth verzog gequält das Gesicht. »Das ist mir so was von peinlich!«

»Ihr Fauxpas hat allerdings ein bemerkenswertes Indiz zutage gefördert«, fuhr Fixlmillner unverdrossen fort. »Und jetzt halten Sie sich fest: Die Blutprobe stammt von derselben Person, die die Blutrückstände auf dem Schubladengriff in Herrn Arbenz' Wohnmobil hinterlassen hat!«

»Wie kann das sein?«, fragte Hagen verdattert.

»Das würde ja bedeuten, dass die Testperson, der die Blutprobe gehört, in der Mordnacht im Camper von Volker Arbenz' gewesen sein muss«, sagte Ruth.

»Und dass diese Person mit dem Mordopfer verwandt ist«, fügte Frank überraschend hinzu. »Die Analyse hat bestimmte genetische Marker zutage gefördert, die mit denen von Volker Arbenz identisch sind. Der Grad dieser Übereinstimmung lässt vermuten, dass es sich um eine Vater-Kind-Verwandtschaft handelt.«

Ruth und Hagen starrten sich mit offenstehenden Mündern an.

»Wie lauten die Initialen auf dem Röhrchen der Speichelprobe?«, wollte Ruth wissen.

»E. S. Die extrahierten Gensequenzen dieser Probe besitzen keine Übereinstimmung mit dem Blut im Wohnmobil.«

»Das ist die DNS-Probe von Erika Smollner«, murmelte Ruth gedankenversunken.

»Die Souvenirverkäuferin können wir als Verdächtige also ausschließen«, resümierte Hagen.

»Dasselbe trifft auch auf Achim Daaren zu«, sagte Ruth. »Er ist nicht mit Volker Arbenz verwandt. Es erübrigt sich also, von ihm eine neue Speichelprobe für eine Untersuchung zu verlangen.«

Hagen furchte die Stirn. »Aber Rahel, seine Freundin, ist sehr wohl mit Herrn Arbenz blutsverwandt. Sie ist seine Tochter. Hat sie ihren Vater womöglich ermordet?«

Ruth legte den Zeigefinger überlegend an ihre Lippen. »Dieser Verdacht wäre naheliegend, wenn wir davon ausgehen, dass die Blutrückstände in dem Camper vom Mörder stammen.«

»Was wegen der festgestellten zeitlichen Übereinstimmung von Volker Arbenz' Ablebens und dem Entstehen der Blutspur am abgebrochenen Schubladengriff sehr wahrscheinlich ist«, ergänzte Hagen.

Ruth atmete tief durch. »Zuerst einmal müssen wir herausfinden, von wem die Blutprobe in dem vertauschten Röhrchen wirklich stammt.« Sie räusperte sich. »Sind Sie noch am Apparat, Frank?«, fragte sie.

»Und ob«, antwortete dieser. »Es ist faszinierend, Ihre Gehirne beim Denken und Schlussfolgern zu belauschen. Dieses Vergnügen will ich mir nicht nehmen lassen!«

Hagen grinste. »Leider müssen wir das Unterhaltungsprogramm für Sie jetzt beenden. Wir brauchen die Telefonleitung, um mit Frau Doktor Siemsen zu sprechen.«

»Schade«, sagte Fixlmillner nüchtern. »Ich wünsche Ihnen bei der Aufklärung dieses Mordes trotzdem noch viel Erfolg.« Mit diesen Worten unterbrach er die Verbindung.

Ruth starrte fassungslos vor sich hin. »Manno man. Das muss ich erst mal verarbeiten.«

Hagen nickte ihr aufmunternd zu. »Das nenne ich mal eine überraschende Wendung«, sagte er. »Aber zermürben Sie sich wegen dieses Vorfalls nicht den Kopf. Jedem passieren mal Fehler. Und dieser hatte ja sogar etwas Gutes!«

Ruth gab sich einen Ruck, griff zum Telefon und wählte die Nummer der Praxis von Dr. Siemsen.

*

»Diese Sache ist mir so unangenehm.« Alberta Siemsens aus dem Lautsprecher dringende Stimme klang bekümmert. »Ich fürchte, das vertauschte Röhrchen mit der Speichelprobe ist bereits ins Labor geschickt worden.« Sie seufzte unglücklich. »Ich bin untröstlich, dass ich mit meiner Schusseligkeit die Polizeiarbeit behindert habe. Das Gegenteil sollte der Fall sein.«

Ruth hatte sich zurückgehalten, als sie die Ärztin auf die vertauschten Proben angesprochen hatte. Auch über die Ergebnisse von Dr. Fixlmillners Untersuchung hatte sie Stillschweigen bewahrt. »Womöglich ist diese Sache für uns recht hilfreich gewesen«, fühlte Ruth sich verpflichtet, die Hausärztin zu besänftigen, denn

117

schließlich war sie selbst an diesem versehentlichen Tausch nicht ganz unbeteiligt gewesen. Es hätte ihr auffallen müssen, dass eines der Röhrchen mit einem Code anstatt mit Buchstaben beschriftet gewesen war, als sie die Proben bei der KTU abgegeben hatte.

»Wie meinen Sie das?«, fragte Alberta mit veränderter Stimme.

»Wir müssen wissen, wessen Blut sich in dem Probebehälter befand, den Sie aus Versehen in Frau Fasans Manteltasche gesteckt haben«, brachte sich Hagen ein, der neben der in ihrem Bürosessel sitzenden Hauptkommissarin stand.

»Wirklich?« Alberta räusperte sich. »Ich frage lieber nicht, aus welchem Grund Sie das wissen wollen.«

»Das ist sehr entgegenkommend«, sagte Ruth ausgesprochen freundlich und machte damit klar, dass sie keine Einzelheiten preisgeben würde.

»Eigentlich darf ich Ihnen gar nicht sagen, wem dieses Blut abgenommen wurde«, erwiderte die Hausärztin daraufhin. Ihr Zögern war eindeutig ein Versuch, doch noch an Informationen heranzukommen.

»Wir ermitteln in einem Mordfall«, rief Hagen ihr mit Nachdruck in Erinnerung.

»Ja, das ist mir durchaus bewusst. Diese Person ... sie könnte also mit dem Mord an Herrn Arbenz zu tun haben?«

Hagen schnaufte entnervt. »Genau das versuchen wir gerade herauszufinden.«

»Tja dann ...« Alberta atmete tief durch. »Dann werde ich wohl auf meine ärztliche Schweigepflicht pfeifen müssen. Das Blut ... es stammt aus der Vene von Herrn Artus Teichner.«

»Einem der Comedian-Brüder?«, entfuhr es Hagen entgeistert.

»Herr Teichner war der Einzige, dem in meiner Praxis am gestrigen Tag Blut abgenommen wurde. Also: Ja!«

Ruth und Hagen sahen sich wie vom Blitz getroffen an.

»Und Sie sind sich in diesem Punkt hundertprozentig sicher?«, vergewisserte sich Hagen.

»Wenn ich es Ihnen doch sage«, erhielt er prompt zur Antwort. »Der Code auf dem Proberöhrchen wird es im Übrigen bestätigen – für den Fall, dass dies bei einem späteren gerichtlichen Verfahren eventuell erforderlich wäre.«

»Das gilt es abzuwarten«, schaltete sich Ruth ein. Sie lächelte. »Sie waren uns eine große Hilfe, Frau Siemsen. Ich muss Sie allerdings bitten …«

»… nichts von diesem Telefonat nach draußen dringen zu lassen«, vervollständigte die Ärztin. »Sie können auf meine Verschwiegenheit bauen. Niemand wird ein Sterbenswort über dieses Gespräch erfahren. Artus Teichner am wenigsten, den ich heute übrigens in meiner Praxis erwarte.«

»Aus welchem Grund hatte er Sie denn überhaupt aufgesucht?«, erkundigte sich Hagen.

Alberta seufzte schwer. »Sie machen es mir nicht gerade leicht, die Privatsphäre meiner Patienten zu wahren.«

»Sie wissen, dass wir einen zwingenden Grund für unsere Fragen haben«, entgegnete Hagen um Geduld bemüht.

Erneut atmete die Ärztin hörbar durch. »Herr Teichner hatte sich vor einigen Tagen eine Verletzung am Oberschenkel zugezogen. Er behauptete, sich an einem Stacheldrahtzaun verletzt zu haben. Die Wunde hatte sich entzündet. Verdacht auf Blutvergiftung lautete meine Diagnose. Vorsorglich ließ ich ihm von meiner Sprechstundenhilfe Blut abnehmen. Es sollte im Labor auf Keime untersucht werden.«

»Interessant«, murmelte Ruth.

»Was soll ich Herrn Teichner denn nun sagen, wenn er in meine Praxis kommt?«, fragte Alberta ernst. »Seine Blutwerte liegen mir ja nicht vor. Ich müsste ihn erneut zur Ader lassen. Aber könnte ihn das nicht womöglich verdächtig vorkommen?«

»Sie denken mit«, lobte Ruth. »Seien Sie jedoch unbesorgt. Unser Gerichtsmediziner wird die erforderliche Laborarbeit übernehmen und Ihnen die Werte schnellstmöglich zu mailen. Für die DNS-Analyse hat er nur einen Teil der Blutmenge benötigt, hat er uns erzählt. Es ist also noch ein bisschen übrig.«

»DNS-Analyse?«, fragte Alberta interessiert. »Das klingt ja bereits nach einem handfesten Verdachtsfall!«

»Dazu kann ich keinen Kommentar abgeben«, entgegnete Ruth in umgänglichen Tonfall.

»Verstehe.« Alberta war anzuhören, dass sie mit den Informationen, die sie dem Gespräch bisher hatte entnehmen können, durchaus zufrieden war. »Hagen«, sprach sie den jungen Kommissar dann direkt an. »Haben Sie sich mein Angebot mal durch den Kopf gehen lassen?«

Der Angesprochene verzog das Gesicht. »Sie meinen die Möglichkeit einer Gesprächstherapie?«

»Ich bin speziell dafür ausgebildet«, versicherte die Hausärztin. »Scheuen Sie sich also nicht, bei mir vorzusprechen. Man wird Ihnen von höherer Stelle sowieso nahelegen, wegen der Tötung psychologische Hilfe in Anspruch zu nehmen.«

Ruth nickte Hagen eindringlich zu, der daraufhin leicht verstimmt die Stirn krauste. »In Ordnung«, sagte er zerknirscht. »Ich werde mich später noch einmal bei Ihnen melden, um einen Termin auszumachen.«

»Sie werden es nicht bereuen«, versicherte Alberta. »Und glauben Sie mir, wenn ich Ihnen sage, dass ich dieses Angebot nicht gemacht habe, um durch die Hintertür kriminalistische Details von Ihnen zu erfahren.«

»Das glaube ich Ihnen gerne«, erwiderte Hagen nüchtern.

»Sehr schön, mein Junge.«

Ruth fand es an der Zeit, das Telefonat zu beenden, bedankte sich herzlich für die Kooperationsbereitschaft der Ärztin und verabschiedete sich.

Hagen stieß hörbar Luft aus. Dann legte er die Hand auf die Zeitung auf Ruths Schreibtisch. »Die Teichner-Brüder und Caroline Reider«, sagte er überzeugt, »sie hängen irgendwie in diesem Mord mit drin.«

Ruth nickte bestätigend. »Ihr Gespür hat Sie offenbar auf die richtige Fährte geführt«, lobte sie.

Hagen schwoll die Brust. »Mein Gespür, wie Sie es nennen, speist sich aus den Informationen, die ich über das Comedian-Duo im Internet gesammelt habe.« Er tippte sich mit dem Zeigefinger an die Stirn. »All diese Fakten haben sich in meinem Gehirn jetzt zu einem vagen Bild zusammengefügt.«

Ruth horchte auf. »Dann erzählen Sie mal, wie dieses Bild konkret aussieht.«

Verlegen rieb sich Hagen die Wange. »Im Ernst?«

»Aber ja. Legen Sie los!«

Hagen räusperte sich. »Ich hatte Ihnen davon erzählt, dass Gertrud, die Mutter der Comedian-Brüder, während eines Polizeieinsatzes auf dem Hamburger Kiez ums Leben kam.«

»Daran erinnere ich mich.«

120

»Ich habe da mal in den Polizeiarchiven nachgeforscht.« Hagen lächelte verkniffen. »Als ich eigentlich meinen Bericht schreiben sollte«, setzte er hinzu.

Ruth bedeutete Hagen mit einer ungeduldigen Handbewegung, fortzufahren.

Dieser zögerte einen kurzen Moment. »Ich – war ziemlich überrascht, als ich herausfand, dass Gertrud für die Polizei im Kiezmilieu als Spitzel tätig gewesen war. Die Razzia, bei der sie getötet wurde, fand auf Veranlassung ihrer Informationen statt. Eine spätere Obduktion ihrer Leiche ergab, dass die Kugel, die sie tötete, aus der Waffe eines Polizisten stammte. Ein halbes Jahr später wurde die Leiche dieses Beamten aus der Elbe gefischt. Die Todesumstände konnten nie geklärt werden.«

Ruth blinzelte verdattert. »Und das erzählen Sie mir erst jetzt?«

Hagen fuchtelte ungelenk mit den Armen. »Ich wusste ja nicht, dass diese Informationen von Belang sein könnten. Außerdem wollte ich nicht durchblicken lassen, dass … dass …«

»Dass Sie am Computer lieber andere Dinge getan haben, als Ihren Bericht zu schreiben?«, ergänzte Ruth.

Hagen nickte zerknirscht.

Ruth rieb sich mit den Händen übers Gesicht. »Artus und Fred … können sie davon gewusst haben, wer für den Tod ihrer Mutter verantwortlich ist?«

»Das halte ich für durchaus wahrscheinlich.« Hagen setzte sich an seinen Schreibtisch. »Ich meine, im Polizeibericht gelesen zu haben, dass Fred, der jüngere der beiden Brüder, während der Razzia bei seiner Mutter gewesen ist.«

Ruth riss ungläubig die Augen auf. »Er hat mit angesehen, wie seine Mutter im Kugelhagel starb?«

Hagen klickte sich durch das elektronische Polizeiarchiv. »Hier ist es«, sagte er und beugte sich vor. Konzentriert las er vom Bildschirm ab und nickte dabei bedächtig. »Gertrud Teichner war zur fraglichen Zeit in Begleitung ihres sechzehnjährigen Sohnes Fred gewesen. Er hatte sich unter einem Tisch verkrochen. Dort wurde er von den Einsatzkräften später entdeckt.«

»Das ist doch wohl nicht wahr!« Ruth schüttelte sich vor Unbehagen. »Unsere Stand-up-Comedians – sie wissen höchstwahrscheinlich also, wer ihre Mutter auf dem Gewissen hatte.«

»Ein Polizist, der ein halbes Jahr später dann unter bisher noch ungeklärten Umständen ums Leben kam«, ergänzte Hagen, den Blick noch immer auf den Bildschirm gerichtet. »Der Mann hieß übrigens Alex Hellerau.«

Plötzlich setzte sich Hagen kerzengerade auf. Langsam drehte er sich zu Ruth um. »Hier ist eine Liste aller an dem Einsatz beteiligten Beamten«, sagte er rau. »Und nun raten Sie mal, wessen Name dort noch auftaucht!«

»Lassen Sie diese Spielchen!«, sagte Ruth ärgerlich. »Spuken Sie es aus!«

»Volker Arbenz. Er war an dieser Razzia ebenfalls beteiligt gewesen!«

*

Es dauerte einige Minuten, bis Ruth und Hagen die neuen Fakten verdaut hatten.

»Wie sollen wir denn jetzt vorgehen?«, brach Hagen schließlich die über dem Büro lastende Stille. Unruhig rutschte er auf in seinem Sessel hin und her. »Es ist auch noch immer ungeklärt, welche Rolle Jürgen Horatz und Bernd Fluda zukommt. Agierten sie womöglich im Auftrag von Caroline Reider oder arbeiteten sie vielleicht sogar für die Teichner-Brüder?«

»Wir sollten auch die Möglichkeit im Auge behalten, dass diese Verbrecher gar nichts mit dem Mord zu haben«, wandte Ruth ein.

Hagen wiegte wenig überzeugt den Kopf. »Es sollte mich sehr wundern, wenn das zuträfe.« Begütigend hob er die Hände. »Aber ich werde diese Eventualität in meine Überlegungen natürlich mit einbeziehen – versprochen.«

Ruth erhob sich aus ihrem Sessel. »Eines haben wir den Comedians voraus«, sagte sie. »Sie wissen nicht, dass wir sie mit dem Mord an Volker Arbenz in Verbindung bringen und beweisen können, dass sich Artus zur Tatzeit in dem Wohnmobil aufgehalten hat.«

»Es könnte Frau Doktor Siemsen in Verlegenheit bringen, wenn die beiden davon erführen«, gab Hagen zu bedenken. »Diese Blutprobe könnte wegen der Art und Weise, wie sie uns in die Hände fiel, von dem Rechtsanwalt der Brüder als Beweismittel angefochten werden.«

122

»Herr Lindau würde in diesem Fall nicht zögern, eine richterliche Verfügung für einen neuerlichen Test zu erwirken«, hielt Ruth dagegen. »Wir hätten dann allerdings kostbare Zeit verloren, und die Beteiligten hätten Gelegenheit, etwaige Spuren zu beseitigen. Besonders im Hinblick auf eine eventuelle Verstrickung von Jürgen Horatz und Bernd Fluda könnte das für uns zum Nachteil gereichen.«

»Es gilt also, mit Bedacht vorzugehen«, schlussfolgerte Hagen.

Ruth nickte. »Wir lassen die Katze erst aus dem Sack, wenn es nicht anders geht.«

»Und nun – was machen wir jetzt?«, wiederholte Hagen seine Frage.

Ruth brauchte nicht lange zu überlegen. »Sie werden Rahel Arbenz einen Besuch abstatten und sich von ihr eine Liste aller noch lebenden Verwandten Ihres Vaters geben lassen.«

»Müssen wir Achim Daaren denn jetzt nicht eigentlich freilassen?«, fragte Hagen.

Ruth schüttelte entschieden den Kopf. »Es ist trotz allem nicht ausgeschlossen, dass er der Mörder ist. Wir dürfen nicht vergessen, dass die Tatwaffe bei ihm gefunden wurde.«

»Die kann der wahre Mörder aber auch ebenso gut in die Satteltasche des Motorrads getan haben«, wandte Hagen ein.

Ruth fuhr mit dem Zeigefinger die Kante ihres Schreibtisches entlang. »Wenn Achim Daaren unschuldig ist, scheint es jemand unbedingt darauf angelegt zu haben, ihn als Täter hinzustellen.«

Hagen nickte verstehend. »Und wenn wir ihn jetzt freilassen, signalisieren wir dieser Person, dass ihr Plan nicht aufgegangen ist.«

»Was ich für unklug halte.« Ruth betrachtete ihre über die Tischkante fahrende Hand nachdenklich. »Irgendwie werde ich den Eindruck nicht los, dass Erika Smollner ebenfalls absichtlich in den Fokus unserer Ermittlungen gedrängt wurde.«

»Aus welchem Grund sollten uns denn gleich zwei Unschuldige als potenziell Verdächtige untergeschoben werden?«, wunderte sich Hagen.

Ruth zuckte ratlos mit den Schultern. »Das ergibt keinen Sinn«, musste sie einräumen. »Und dennoch …« Sie verstummte. »Diese Konstellation … sie erinnert mich an einen meiner alten Fälle aus meiner Hamburger Zeit. Es ging um einen korrupten Polizisten, der ermordet wurde. Zwei dringend Tatverdächtige wurden von uns ermittelt. Sie stammten aus dem Kleinkriminellenmilieu und hatten mit dem ermordeten Beamten auf die eine oder andere Weise zu tun gehabt.«

»Wie hieß dieser Polizist?«, fragte Hagen und wandte sich seinem PC-Bildschirm zu.

»Hans Lehmann«, erinnerte sich Ruth.

Hagen tüftelte einen Moment mit der Maus herum, blies dann die Wangen auf und ließ hörbar Luft entweichen. »Sein Name taucht ebenfalls auf der Liste der an der Kiezrazzia beteiligten Beamten auf.«

»Wie bitte?!« Ruth raufte sich das Haar. »In was für ein Wespennest haben wir da nur gestochen?«

Geschäftstüchtig bearbeitete Hagen seine Tastatur. »Ich sehe mir die Akte von Alex Hellerau, dem Polizisten, aus dessen Dienstwaffe der tödliche Schuss auf Gertrud Teichner abgefeuert wurde, mal genauer an«, erläuterte er.

»Warum denn das?« Ruth stand auf und ging zum Schreibtisch ihres Partners hinüber. Der hatte besagte Akte bereits aufgerufen und studierte sie.

»Da!«, rief Hagen und deutete mit dem Finger auf einen Eintrag. »Gegen Alex Hellerau war intern ermittelt worden. Es bestand der Verdacht der Bestechlichkeit!«

Ruth schüttelte mit finsterer Miene den Kopf. »Alex Hellerau, Hans Lehman und jetzt Volker Arbenz ... Ermordet da jemand korrupte Polizeibeamte, die an der Razzia beteiligt gewesen waren, die Gertrud Teichner das Leben kostete?«

»Und um das zu verschleiern, sorgt diese Person dafür, dass Kleinkriminelle in den Fokus der Mordermittlungen geraten«, ergänzte Hagen.

»Wobei ich nicht verstehe, warum dabei stets zwei Ganoven ausgesucht werden.«

»Auf jeden Fall sieht das ganz nach einem systematischen, seriellen Vorgehen aus.« Erneut machte sich Hagen an seiner Tastatur zu schaffen. »Schauen wir mal, ob in dieser Razzialiste noch weitere Beamte auftauchen, die später ermordet wurden.«

Beklommen beobachtete Ruth ihren Partner bei der Arbeit. Sie fiel aus allen Wolken, als Hagen schließlich einen weiteren ähnlich gelagerten Fall entdeckte. Es handelte sich um eine Beamtin namens Karla Werner. Sie war nach der Razzia in Hamburg nach Köln versetzt worden und hatte sich von einem dortigen Hehler später dann schmieren lassen. Kurz nachdem dies publik wurde, fand man Karlas Leiche im Rhein treibend. Es gab zwei dringend Tatverdächtige, von denen schließlich einer verurteilt wurde.

»Vier Fälle mit nahezu identischem Muster«, murmelte Ruth geschockt.

»Das kann unmöglich ein Zufall sein.« Hagen sah seine Chefin eindringlich an. »Was nun?«

»Wir verfahren trotzdem wie besprochen«, erwiderte Ruth.

Unzufrieden verzog Hagen das Gesicht. »Ich soll Rahel Arbenz aufsuchen und sie nach etwaigen noch lebenden Verwandten ihres Vaters fragen?«

»Das muss unbedingt abgeklärt werden.«

»Ginge das nicht auch telefonisch?«

»Sie werden persönlich dort auftauchen«, befahl Ruth.

»Und Sie … was machen Sie?«

»Ich suche das Gespräch mit Caroline Reider. Dass in Greetsiel der Mann ermordet wurde, dessen Polizeikarriere von ihrem Vater ein Ende gesetzt wurde, ist ein hinreichender Grund, den Kontakt mit ihr zu suchen, meine ich.«

»Und was ist mit den Teichner-Brüdern. Wann knöpfen wir uns die vor?«

»Zur gegebenen Zeit.« Ruth wedelte mit der Hand. »Und nun steigen Sie in den BMW und machen sich auf den Weg!«

Hagen stand auf, schnappte sich wortlos seine Jacke und stapfte missmutig davon.

*

In den folgenden Minuten fand Ruth heraus, dass Caroline Reider während ihres Aufenthalts in Greetsiel in ihrer Motoryacht wohnte. Diese und andere die Modelagenturbesitzerin betreffende Informationen entnahm sie der Zeitung, die Hagen ihr auf den Schreibtisch gelegt hatte. Auf diesem Weg erfuhr sie auch, dass das Verhältnis zwischen Caroline und ihrem Vater angespannt war. Die Geschäfte der jungen Frau liefen hingegen hervorragend. Der Artikel wusste außerdem zu berichten, dass Caroline ein amouröses Verhältnis zu den Teichner-Brüdern unterhielt und keinen Hehl daraus machte, dass sie sich nicht entscheiden konnte, welchem der beiden Männer sie den Vorzug geben wollte.

125

Ruth erschien es in Anbetracht dieser Informationen am naheliegendsten, dass Caroline ihre Zeit in Greetsiel gemeinsam mit den Teichner-Brüdern verbringen würde. Daher beschloss sie, zuerst die Comedians aufzusuchen. Sollte Caroline entgegen ihrer Vermutung nicht bei ihnen sein, würden die ihr sicherlich verraten können, wo ihre gemeinsame Freundin momentan anzutreffen war.

Da die Teichner-Brüder im Hotel Krabbenschere logierten, machte sich Ruth schließlich auf den Weg dorthin. Weit gehen musste sie dafür nicht, denn das Gästehaus lag nur wenige Gehminuten von der Greetsieler Polizeiwache entfernt.

»Die Herrschaften haben Frau Reider zum Dinner eingeladen«, erklärte der Rezeptionist auf Ruths Nachfrage. »Sie sitzen draußen im Innenhof und haben ausdrücklich verlangt, dass sie nicht gestört werden wollen.«

Ruth bedankte sich mit einem kühlen Kopfnicken und wandte sich ab. Der Hotelangestellte schnalzte missbilligend mit der Zunge, als die Hauptkommissarin ihre Schritte zur gläsernen Verandatür lenkte, die hinaus in den Innenhof führte. Nur einer der im Freien stehenden Tische war besetzt, was Ruth nicht wunderte, denn die winterlichen Temperaturen luden nicht gerade zum Draußensitzen ein. Aber für die illustren Gäste hatte man Abhilfe geschaffen, einen gasbetriebenen Heizpilz aufgestellt und Wolldecken verteilt.

Ruth ging hinaus und die drei an einem Tisch Sitzenden blickten einhellig zu ihr herüber. Freds Miene verfinsterte sich, während sein älterer Bruder neutral dreinschaute. Caroline Reider musterte Ruth interessiert von oben bis unten, als wollte sie abschätzen, ob Figur und Auftreten der Näherkommenden sie womöglich als Model qualifizierte. Was sie sah, schien sie zufriedenzustellen, denn ein zuvorkommendes Lächeln umspielte ihre sorgsam geschminkten Lippen.

»Was wollen Sie?«, fragte Artus verhalten freundlich und deutete auf die Dessertschälchen, die nach dem Hauptgang serviert worden waren. »Es ist gerade ungünstig, verstehen Sie.«

»Außerdem geben wir jetzt keine Autogramme«, fuhr Fred dazwischen.

»Ich möchte mit Ihnen sprechen«, sagte Ruth an die Model-agenturbesitzerin gerichtet und zog einen Stuhl heran. Während sie sich setzte, präsentierte sie den Anwesenden ihren Dienstausweis.

126

»Kriminalpolizei?«, fragte Caroline verwundert und reichte Ruth eine Wolldecke.

»Wir kennen Sie«, fiel Artus jetzt ein, während Ruth die Wolldecke auf ihre Oberschenkel legte. »Sie haben unsere Vorstellung überstürzt verlassen.«

»Weil mir der Fund einer Leiche gemeldet wurde«, packte Ruth die Gelegenheit beim Schopfe, das Gespräch gleich auf den Punkt zu bringen. Sie drehte sich Caroline zu. »Das Opfer heißt Volker Arbenz. Klingelt bei Ihnen da was?«

Caroline rümpfte ihre kleine, wohlgeformte Nase. »Opfer?«

»Volker Arbenz wurde ermordet«, erläuterte Ruth.

»Und warum belästigen Sie damit ausgerechnet unseren Gast?«, fragte Artus verärgert.

Caroline schob das Dessertschälchen auf dem Tisch hin und her. »Dieser Name sagt mir tatsächlich was«, ging sie auf Ruths Frage ein. »Mein Vater hatte mit dem mal zu tun gehabt. Ein korrupter Polizist, der versucht hatte, meinen Vater zu erpressen. Er ließ die Sache auffliegen und der Mann wurde vom Dienst suspendiert.« Caroline furchte die Stirn. »Und nun wurde er ermordet? Klingt, als hätte er sein Verhalten nicht gebessert, im Gegenteil.«

»Ich sehe nicht, was Frau Reider mit dieser Sache zu tun haben sollte«, insistierte Fred.

»Eine reine Routineangelegenheit«, gab Ruth freundlich zurück. »Wir gehen allen Hinweisen nach, die mit dem Toten in Verbindung stehen.«

»Ich kann Ihnen zu diesem Mann leider nicht viel sagen«, erklärte Caroline. »Sie sollten sich an meinen Vater wenden.«

Ruth folgte strikt ihrem Plan, zog zwei Fotos aus der Manteltasche und legte sie auf den Tisch. Die Porträtaufnahmen entstammten den Polizeiakten von Jürgen Horatz und Bernd Fluda. »Kennen Sie diese Männer?«, fragte Ruth und hielt aus den Augenwinkeln auch die Reaktion der beiden Comedians im Blick.

Caroline schaute die Fotos kurz an und schüttelte den Kopf. »Nie gesehen.«

»Haben diese Männer denn etwas mit dem Mord an Volker Arbenz zu tun?«, erkundigte sich Artus wie nebenbei.

»Womöglich.«

Fred warf seine Serviette auf den Tisch. »Frau Reider hat Ihre Fragen alle beantwortet«, sagte er ungehalten. »Sie können jetzt also gehen!«

Ruth bedachte den Mann mit einem unverbindlichen Lächeln. Dabei überlegte sie, wie sie Fred in ihre Befragung mit einbeziehen konnte, ohne dessen Verdacht zu erregen. Das Klingeln ihres Handys unterbrach ihre Gedanken. Sie zog das Smartphone aus der Tasche und meldete sich. Ein rascher Blick aufs Display hatte ihr zuvor verraten, dass es sich bei dem Anrufer um Hagen handelte.

»Rahel hat mir soeben mitgeteilt, dass Volker außer seiner Tochter keine lebenden Verwandten mehr hat«, sagte Hagen mit gedämpfter Stimme. »Sie wissen, was das bedeutet!«

Ruth vermutete, dass Rahel sich in Hagens Hörweite aufhielt und deshalb nicht offen sprechen wollte. »Bleiben Sie noch eine Weile, wo Sie sind«, wies sie ihn an, denn sie wollte auf keinen Fall, dass ihr Partner jetzt zu ihr stieß. Sie hielt Hagen nicht für gefestigt genug, in dieser brisanten personellen Zusammensetzung wie sie im Innenhof des Hotels momentan herrschte, ruhiges Blut zu bewahren. Um ihm keine Gelegenheit zur Widerrede zu geben, unterbrach sie die Verbindung.

»Jetzt zu Ihnen, Fred«, sagte sie mit hartem Unterton in der Stimme. »Es gibt da etwas, das Sie mir unbedingt erklären müssen!«

*

Gedankenversunken steckte Hagen sein Handy zurück in die Hosentasche.

Rahel, die ihm im Wohnzimmer gegenübersaß, sah ihn konzentriert an. »Sie sehen beunruhigt aus«, stellte sie fest.

Hagen zuckte mit den Schultern. »Es ist nichts«, behauptete er, obwohl ihm Ruths Verhalten hatte aufmerken lassen. Sie wollte ihn nicht bei sich haben, womöglich, weil sie sich in einer prekären Lage befand und davon ausging, dass er der Situation nicht gewachsen wäre.

»Hören Sie«, sagte Rahel eindringlich. »Sie müssen Achim auf freien Fuß setzen. In der Mordnacht … ich bin mir ziemlich sicher, dass er das Bett da nicht verlassen hat. Ich hatte zwar was anderes behauptet. Aber ich war wütend auf ihn und da …«

Hagen brachte die junge Frau mit erhobener Hand zum Schweigen. Lauschend legte er den Kopf schief. Ein verhaltenes Poltern war an seine Ohren gedrungen. »Sind Sie allein im Haus?«, fragte er mit gedämpfter Stimme.

Rahel sah ihn entrüstet an. »Natürlich. Was denken Sie denn von mir? Dass ich für Achim einen Ersatz gesucht habe, nun da er in Untersuchungshaft sitzt?«

Langsam stand Hagen auf. Aus einem der angrenzenden Zimmer war erneut ein kaum hörbares Scharren gedrungen. Rahel schien nichts gehört zu haben, denn sie starrte Hagen nur verständnislos an. »Was ist mit Ihnen?«, fragte sie.

»Reden Sie weiter«, flüsterte er eindringlich. »Erzählen Sie, was Sie heute gekocht haben.«

Rahel verzog verständnislos das Gesicht, gehorchte dann jedoch und begann drauflos zu plappern.

Die Hand auf seiner Dienstwaffe, pirschte Hagen auf die Tür zu, hinter der die verdächtigen Geräusche hervorgekommen waren. Einen Moment lang sammelte er sich. Dann riss er das Türblatt auf, und als er den in dunkle Motorradkluft gekleideten Mann bemerkte, brachte er mit einem entschlossenen Ruck seine Waffe in Anschlag.

Hagen stand auf der Schwelle zum Schlafzimmer. Der Eindringling, in dem Hagen sofort den Ganoven Bernd Fluda wiedererkannt hatte, stand über ein Nachtschränkchen gebeugt da und ließ soeben ein Tütchen mit weißem Pulver in die offene Schublade gleiten.

»Polizei – keine Bewegung!« Im selben Moment, da Hagen dies rief, wirbelte der Mann herum, wobei er mit einer fließenden Bewegung hinter sich an den Gürtel griff.

Hagens Abzugsfinger krümmte sich wie von selbst. Ein Schuss bellte auf und Bernd Fluda stürzte seitlich aufs Bett. Er schrie und riss mit rudernder Bewegung den Arm herum, in dessen Faust ein Revolver steckte.

*

»Was soll ich Ihnen denn erklären?«, fragte Fred frostig. »Haben Sie etwa einen unserer Sketche nicht richtig verstanden?«

»Sie müssen mir erklären, wie Ihr Blut in das Wohnmobil von Volker Arbenz gelangt ist. Und was Sie dort verloren haben, als er

129

ermordet wurde.« Ruth sprach ruhig und gelassen. Ihre Worte versetzten die Brüder dennoch in Schockzustand.

»Was reden Sie denn da?«, keuchte Artus. »Gibt es für Ihre haltlosen Anschuldigungen überhaupt irgendwelche Beweise?«

»Die gibt es«, erwiderte Ruth unaufgeregt, behielt es sich allerdings vor, die Fakten vorerst unerwähnt zu lassen. Stattdessen hob sie fragend eine Augenbraue, während sie Fred auffordernd ansah.

»Ich ... ich weiß nicht, wovon Sie da reden«, stellte sich dieser stur.

»Sie wollen doch nicht ernsthaft meinen Bruder mit dieser Tat in Zusammenhang bringen!«, regte sich Artus auf. »Haben Sie denn keine anderen Verdächtigen?«

»Die hatten wir«, bestätigte Ruth. »Zwei Personen, die uns in höchstem Grad verdächtig erschienen. Aber die sind jetzt aus dem Schneider.«

»Das ist ja wohl lächerlich!«, rief Fred mit überschnappender Stimme.

»Bevor Volker Arbenz von seinem Mörder mit einem Fischmesser erstochen wurde, gab es in dem Camper eine handgreifliche Auseinandersetzung«, erläuterte Ruth. »Vermutlich wehrte sich das Opfer. Dabei verletzte sich der Angreifer an dem abgebrochenen Griff einer Schublade. Das Blut, das von meinen Kollegen der KTU dort sichergestellt wurde, stammt zweifelsfrei von Ihnen, Fred.«

Die Comedians sahen sich gehetzt an. Caroline stand der Mund offen. Kerzengerade saß sie auf ihrem Stuhl, die Hände zu Fäusten geballt.

»Als mein Bruder und ich in diesem Camper waren, da war Herr Arbenz noch am Leben!«, erklärte Artus überhastet, ehe Fred den Mund aufmachen konnte.

»Sie waren zur fraglichen Zeit also ebenfalls am Tatort zugegen?«, hakte Ruth nach.

Artus nickte einmal kurz. »Wir ... wir wussten, dass man bei diesem Volker Stoff bekommen konnte«, erklärte er. »Uns war das Kokain ausgegangen; und da gingen wir eben nachts zum Wohnmobilstellplatz, um welches zu besorgen. Mein Bruder war nervös und stellte sich ein bisschen ungeschickt an. Darum verletzte er sich. Wir zogen das Geschäft schnell über die Bühne und verschwanden. Schließlich wollten wir nicht, dass uns jemand sah und in Greetsiel schlecht über uns geredet wurde.«

»Aber Volker Arbenz … den haben wir nicht angerührt!«, fiel Fred ein.

»Er erwartete noch weitere Kunden«, erläuterte Artus. »Das sagte er uns. Unter anderem eine Souvenirverkäuferin, wie er andeutete. Denen wollten wir natürlich nicht über den Weg laufen.«

Fred beugte sich vor. »Einer dieser anderen Kunden muss ihn umgebracht haben!«

Artus nickte beipflichtend. »Ja, so muss es gewesen sein. Womöglich war es sehr wohl einer Ihrer Verdächtigen, an deren Schuld Sie nicht mehr glauben wollen, weil das Blut meines Bruders in dem Camper entdeckt wurde. Doch wie gesagt, das war ein dummer Unfall.«

Ruth glaubte diesen Männern kein Wort. Das spielte jedoch keine Rolle. Solange ihr von den Brüdern kein Geständnis vorlag, war es schwer, wenn nicht sogar unmöglich, sie anhand der Indizien zu überführen. Sie musste härtere Bandagen auffahren, um sie aus der Reserve zu locken.

*

Aus dem Stand sprang Hagen auf den aufs Bett gestürzten Mann zu, warf sich auf ihn und packte mit der freien Hand dessen rudernden Waffenarm. »Fallenlassen – sofort!«, schrie er und presste Bernd Fluda den Lauf seiner Dienstwaffe an die Stirn. »Oder wollen Sie, dass es Ihnen genauso ergeht wie Ihrem Partner?«

»Sie … Sie haben ihn umgebracht!«, kreischte Bernd und versuchte vergeblich, sich unter Hagen hervorzuwinden. Tränen rannen ihm übers Gesicht.

»Jürgen Horatz hätte meine Partnerin erschossen, wenn ich ihn nicht gestoppt hätte!« Hagen sah dem Mann, dessen Gesicht von seinem nur eine Unterarmlänge entfernt war, fest in die Augen. »Alles außer Mord«, sagte er. »So lautete doch Ihre Devise, nicht wahr?«

Endlich öffnete Bernd die Hand und der Revolver fiel mit einem harten metallenen Laut zu Boden. »Jürgen … er war schon immer der hitzköpfigere von uns beiden«, stieß er mit brüchiger Stimme aus. »Aber diesmal … diesmal habe ich ihn nicht zur Vernunft bringen können. Er wollte uns den Weg aus unserem Unterschlupf freischießen, um … um mir die Flucht zu ermöglichen.«

131

Hagen stemmte sich hoch, drehte den Mann auf den Bauch und legte ihm Handschellen an. Kurz streifte sein Blick die Schusswunde in Bernds Oberschenkel. Ein sauberer Treffer, der genau dort eingeschlagen war, wo Hagen es gewollt hatte.

Rahel erschien in der Türöffnung. Unbehaglich verschränkte sie die Arme vor der Brust und lehnte sich mit der Schulter an den Türrahmen. »Wer ist das?«, fragte sie tonlos.

»Einer der Männer, die versucht haben, Achim den Mord an Ihrem Vater anzuhängen.« Hagen deutete mit einem Kopfnicken auf die offen stehende Schublade des Nachtschränkchens. »Er war gerade im Begriff gewesen, weiteres belastendes Material in Ihrem Haus zu platzieren.«

Rahel ließ die Arme sinken und kam näher. Hagen brachte rasch den Revolver an sich und klemmte die Waffe hinter seinen Gürtel.

»Haben Sie meinen Vater getötet?«, fragte Rahel und sah Bernd dabei mit tränenfeuchten Augen an.

Der Angesprochene schüttelte vehement den Kopf. »Wir sind keine Mörder«, stieß er aus.

»Ob der Haftrichter Ihnen das glauben wird?« Hagen bezweifelte, dass Bernd auf diese Provokation eingehen würde. Er stellte diese Frage trotzdem.

Bernd drehte sich abrupt auf den Rücken. »Einen Mord lasse ich mir nicht anhängen!«, rief er mit überschnappender Stimme. »Jürgen und ich ... wir haben im Auftrag von Artus und Fred Teichner gearbeitet.« Er setzte sich auf, starrte niedergeschlagen zu Boden. »Die Teichner-Comedians sind seit Jahren unsere Kunden. Schon dreimal haben wir Ihnen geholfen, ihre Morde an korrupten Polizisten zu vertuschen, indem wir fingierte Beweise platzierten, die Unschuldige belasten sollten.«

»Warum wurden dafür immer zwei Personen ausgewählt?«, wollte Hagen wissen, den die Gesprächigkeit des Ganoven ein wenig überrumpelte.

Bernd gab einen verächtlichen Ton von sich. »Weil es jedes Mal um eine Wette ging. Jeder der Brüder wählte für sich einen der Kleinkriminellen aus, die Jürgen und ich im Vorfeld für sie als potenzielle Sündenböcke ausgesucht hatten. Derjenige, dessen falsch verdächtigte Person schließlich der Mord angehängt wurde, hatte die Wette gewonnen.«

132

Hagen begann zu verstehen. »Der erste Wetteinsatz war wahrscheinlich die Eigentumswohnung der Mutter gewesen.«

Bernd nickte, ohne vom Boden aufzublicken. »Die Wohnung ging an Artus Teichner«, bestätigte er. »Sein Sündenbock kam für den Mord, den sie gemeinsam begangen hatten, in den Knast.«

»Ein Jahr später gewann Fred dann das Geld eines Förderpreises, der eigentlich beiden Brüdern zugesprochen worden war«, ergänzte Hagen.

»Und im Folgejahr verzichtete Fred auf die Urheberschaft eines Buches, das er zusammen mit seinem Bruder geschrieben hatte, weil er die dazugehörige Wette verloren hatte.«

Rahel schüttelte angewidert den Kopf. »Ein perfides Spiel, das diese Comedians da treiben.«

Bernd sah zu ihr auf. »Beide hassen korrupte Polizisten abgrundtief.«

»Und ganz besonders verabscheuen sie korrupte Beamte, die an der Razzia beteiligt waren, die ihrer Mutter den Tod brachte«, fügte Hagen an. Er zückte sein Handy und tippte auf den Wahlwiederholungstaster, um Ruth von den Vorkommnissen im Haus von Achim Daaren zu berichten.

*

Ruth fand es an der Zeit, endlich ihren Joker auszuspielen. »Hatte Herr Arbenz sich denn gar nicht gefreut, Sie zu sehen, als Sie in seinem Wohnmobil auftauchten?«, fragte sie an Fred gerichtet.

Der jüngere der beiden Comedians sah sie verständnislos an. »Warum sollte er? Wir kannten diesen Mann doch gar nicht.«

»Er ist mit Ihnen direkt verwandt«, sagte Ruth. »Und zwar ausschließlich mit Ihnen. Zwischen Ihrem Bruder und Herrn Arbenz gibt es keine Übereinstimmung der Erbinformationen; nur mit Ihnen.«

»Was?« Das Blut wich aus Freds Gesicht. »Das … das kann unmöglich sein!«

»Sie und Artus haben keine gemeinsamen Väter«, deutete Ruth an.

Fred sprang auf. Sein Stuhl kippte um und fiel klappernd zu Boden. »Wollen Sie etwa andeuten, Volker Arbenz könnte mein leiblicher Vater gewesen sein?« Seine Augen flackerten nervös.

133

»Ich bin mir sogar sicher, dass er es ist.« Ruth tastete unter der Wolldecke nach ihrer Dienstwaffe. »Der Grad der Übereinstimmung der genetischen Marker ist ziemlich hoch, wissen Sie; so hoch, wie er für gewöhnlich nur zwischen Elternteil und Kind ist.«

Freds Unterlippe bebte, und der gehetzte Ausdruck in seinen Augen nahm zu.

Ruth erkannte, dass es nur noch eines kleinen Schubsers bedurfte, um den Mann zu brechen. »Ist es nicht eine Ironie des Schicksals, dass der Polizist, der Ihre Mutter schwängerte, später bei einer Razzia eingesetzt wurde, der Ihrer Mutter das Leben kosten sollte?« Sie war nicht stolz auf das, was sie sagte. Aber ihr blieb keine andere Wahl, um die Wahrheit ans Tageslicht zu bringen.

Wie vor die Brust gestoßen taumelte Fred zurück. Ruths Worte hatten ihn wie ein Fausthieb getroffen. Entgeistert starrte er seinen Bruder an. »Wir ... wir haben meinen Vater getötet!«, schrie er anklagend. »Hast du das etwa gewusst?«

Artus sprang nun ebenfalls auf. »Nein, natürlich nicht.« Er fuchtelte wild mit den Armen. »Und nun halt die Klappe. Wir haben niemanden getötet, ist das klar?«

Fred sank wimmernd in die Knie. Er kauerte sich hin, starrte mit leerem Blick umher. »Mein ... eigener Vater«, stammelte er, brach dann aber mit einem Schluchzen ab.

Ruth stand mit einer geschmeidigen Bewegung auf und ließ die Wolldecke von ihren Knien gleiten. Den Arm mit der Dienstwaffe in der Hand ließ sie locker an der Seite herabhängen, als unmissverständliches Zeichen für die Brüder, wie ernst die Lage für sie war. »Ich nehme Sie beide in Gewahrsam«, erklärte sie. »Sie stehen im dringenden Tatverdacht, Volker Arbenz ermordet zu haben.«

Caroline, die die ganze Zeit keinen Laut hervorgebracht hatte, keuchte entsetzt.

Zornesröte stieg in Artus Gesicht. »Das ist barer Unsinn!«, schrie er. »Das können Sie niemals beweisen. Wir sind unschuldig. Jemand anderes hat Volker auf dem Gewissen!«

Ruths Handy klingelt. Mit der freien Hand holte sie den Apparat hervor und hielt ihn sich ans Ohr. Aufmerksam hörte sie zu, was Hagen ihr zu berichten hatte.

134

»Kommen Sie sofort ins Hotel Krabbenschere«, befahl sie ihrem Partner daraufhin und ließ das Smartphone wieder in die Tasche gleiten. Sie hob den Waffenarm ein Stück. »Bernd Fluda ist uns in die Fänge gegangen«, informierte sie die Brüder. »Er hat ein vollumfängliches Geständnis abgelegt.«

Caroline legte die Hände vor sich auf die Tischplatte. »Es ist also wahr? Ihr habt einen Menschen getötet?«, fragte sie beklommen.

Artus und Fred bissen die Zähne aufeinander und schwiegen.

»Nicht nur einen«, sagte Ruth daraufhin, den Blick auf die Brüder gerichtet. »Womöglich waren es insgesamt vier gemeinsam begangene Morde. Wobei der erste wahrscheinlich eher planlos über die Bühne gegangen war. Bei den drei später begangenen Morden gingen Artus und Fred dann weitaus abgebrühter vor und sicherten sich die Unterstützung von zwei Kriminellen, die sich auf die Vorbereitung von Kapitalverbrechen spezialisiert hatten.«

»Aber ... warum?«

»Rache für den Tod ihrer Mutter«, war es erneut Ruth, die die Frage beantwortete. »Aus ihrer Rache machten sie ein Spiel, eine Wette.« Sie bedachte Caroline mit einem mitfühlenden Blick. »Diesmal waren Sie wahrscheinlich der Wetteinsatz. Der Verlierer hätte auf Ihre Zuneigung zugunsten des Gewinners verzichtet.«

Caroline stand auf; wütend schleuderte sie die Wolldecke von sich und wandte sich brüskiert ab. Ohne die Brüder eines weiteren Blickes zu würdigen, stürmte sie davon.

»Das Spiel ist aus«, stellte Ruth nüchtern fest. »Ihr Wetteinsatz hat sich soeben davongemacht ... Und Sie werden die nächsten Jahrzehnte hinter Schwedischen Gardinen verbringen.« Ruth lächelte mit einem Mundwinkel. »Leider bin ich diesbezüglich völlig unbegabt, aber wäre ich es nicht, würde ich aus dieser Situation womöglich einen lustigen Sketch kreieren.«

Hagen stürmte durch die Tür. Ruth warf ihm ein Paar Handschellen zu und forderte ihn auf, sie den Stand-up-Comedians anzulegen.

ENDE

Ostfrieslandkrimi-Empfehlungen
des Klarant Verlages

Kennen Sie auch schon die anderen Bände der Ostfrieslandkrimi-Serie **»Polizei Greetsiel ermittelt«** von Jan Olsen?

»Die Leiche im Watt«, Band 1
Taschenbuch-ISBN: 978-3-96586-460-3
eBook-ISBN: 978-3-96586-386-6

Eine Leiche im Watt!
Wer ist der Tote mit dem blau-weiß gestreiften Hemd, der ermordet im Schlick liegt? Die Identität des Mannes zu ermitteln, gelingt den neuen Greetsieler Kommissaren Ruth Fasan und Hagen Reese schnell, denn das Boot des Fischers Christian Hellmann ist nicht von der Fangfahrt in dieser Nacht zurückgekehrt. Der tote Fischer galt als störrischer Eigenbrötler, der mit seiner Art manchmal aneckte, aber reicht das für ein Mordmotiv?

Nach und nach finden die Greetsieler Ermittler heraus, dass mehrere Personen im Umfeld des Opfers offenbar einiges zu verbergen haben. Vorwürfe des illegalen Fischfangs stehen im Raum, und auch Christian Hellmanns Verhältnis zu seinem Bruder wirft Fragen auf. Hat eine ungerechte Verteilung der Erbschaft zur Eskalation zwischen den Brüdern geführt? Mysteriös ist auch der Umstand, dass die Polizei erst durch ein Video auf die Leiche aufmerksam wurde. Und aus irgendeinem Grund wollte jemand, dass die Ermittler genau wissen, wo sich das Opfer befindet …

»Die Leiche im Deichhaus«, Band 2
Taschenbuch-ISBN: 978-3-96586-526-6
eBook-ISBN: 978-3-96586-527-3

»Die Leiche mit dem Teelikör«, Band 3
Taschenbuch-ISBN: 978-3-96586-571-6
eBook-ISBN: 978-3-96586-572-3

»Die Leiche im Meer«, Band 4
Taschenbuch-ISBN: 978-3-96586-622-5
eBook-ISBN: 978-3-96586-623-2

»Die Leiche im Schlick«, Band 5
Taschenbuch-ISBN: 978-3-96586-669-0
eBook-ISBN: 978-3-96586-670-6

»Die Leiche im Sieltief«, Band 6
Taschenbuch-ISBN: 978-3-96586-715-4
eBook-ISBN: 978-3-96586-716-1

»Die Leiche auf dem Gulfhof«, Band 7
Taschenbuch-ISBN: 978-3-96586-774-1
eBook-ISBN: 978-3-96586-775-8

»Die Leiche auf dem Krabbenkutter«, Band 8
Taschenbuch-ISBN: 978-3-96586-827-4
eBook-ISBN: 978-3-96586-828-1

»Die Leiche auf der Deichkrone«, Band 9
Taschenbuch-ISBN: 978-3-96586-866-3
eBook-ISBN: 978-3-96586-867-0

»Die Leiche in Greetsiel«, Band 10
Taschenbuch-ISBN: 978-3-96586-926-4
eBook-ISBN: 978-3-96586-927-1

Klarant Verlag

Lernen Sie die Ostfrieslandkrimi-Titel des Klarant Verlages kennen und besuchen Sie uns im Internet unter:

www.ostfrieslandkrimi.de

und

www.klarant.de

Sie können dort Näheres über unsere Autorinnen und Autoren erfahren, viele weitere interessante Bücher und eBooks finden und Leseproben herunterladen. Mit dem kostenlosen Newsletter auf

www.ostfrieslandkrimi-lesen.de

erhalten Sie aktuelle Informationen rund um das Verlagsprogramm, wie beispielsweise spannende Neuerscheinungen und Gewinnspiele.